微笑天使

陳義宗——著

晨星出版

目次

第3章 以文描繪我的自畫像 201

第4章 附錄 245

他序

路是人走出來的
——為義宗的第二本書喝采

（臺灣師大特殊教育系教授暨師資培育學院院長）

陳義宗是臺灣師大特教系九四級的學生。二〇一五年，我在他的臉書發現他分享的文章非常值得給更多人看到，當時引介給臺師大特教中心潘裕豐主任，在潘主任的促成下，義宗的第一本書《陽光的微笑》出版了。誰知義宗的第一本書竟給他的生活帶來一些改變，全國各地學校開始注意到他，從大學、中學、小學到幼兒園等各級學校紛紛邀請他前往擔任特殊教育、生命鬥士的講座，義宗開始有機會接受學校之邀請，也有機會面對各年齡層的聽眾，認真地記錄他的演講歷程、聽眾的提問、他的心得。後來，他在臉書成立《陽光的微笑 Sunshine Smile》粉絲專頁，建立一個與外界交流的無障礙空間。

義宗念大四時，在導師、身障學長的介紹下，開始準備國家考試，利用空堂時間到圖書館溫書，但家人毫不知情；大學畢業後，他一心執著，長期閉關在家準備考試，與外界交流有限。自從《陽光的微笑》出版，從他分享的演講或生活點滴，可以看到他關心社會、對生命充滿熱情的本性。每次的演講，他都事先因應聽眾年紀、學校的期待或需求，發揮他特教客製化的專長精心設計，除了調整演講內容和運用文字 MP3 語音軟體之外，他運用照片製作 MP4、製作問與答、穿插手語教導等活動，這幾年他累積的二十一場演講，都被他據實的整理在本書的第一篇。

義宗將本書分演講日記、E世代朋友圈、以文描繪自畫像，透過這三部分詳述他對生命的熱愛。除了上述的第一部分演講日記篇外，他透過自畫像，描述他寫作學習的歷程與生活經驗中的作品，主要因聽障者在語文學習困難，語文表達曾是他的弱項，但他從大學開始願意接受老師的指導，更積極接受各種挑戰，居然可以出版專書。

義宗在E世代朋友圈篇分為心情記事和訪談隨筆，如下：

一、義宗分享他的興趣，打破大家對於聽障者的刻版印象，義宗發現自己喜歡音樂，透過字幕他享受唱歌，透過節奏感受到韻律，並進行唱歌、跳舞等一般人認為很平常的活動，甚至為自己的 MP4 配樂。這些休閒活動是因為他進入融合教育的校園，才有機會接觸與體會，義宗的故事提醒我們過度的適性是否變成剝奪，尊重身障學生的表達與選擇，才能真的適性。

二、從義宗的心情記事和訪談隨筆，可以看到他樂於參與和勇於挑戰的個性，大學期間主動跟導師爭取當班代，為同學服務，畢業之後為了演講的內容，自己在網路上學習製作影片和配樂，還為本書讀者整理出微笑天使特調秘方；在訪談隨筆篇可以看到他把生活上所遇到的每個角色當作學習的主題，認真地觀察、訪問並做成筆記，彷彿是一個報導者。

雖然義宗在考公職上不順利，但在喜歡的工作上不斷地為自己找不同的主題和目標來學習，全書幾乎都在說明他是終身學習的實踐者。義宗在臺北啟聰學校演講時，跟聽障學生互勉：「我們要學著自己做主，遇到問題時先捫心自問，不要急著從別人身上找答案，或問別人該怎麼辦。若自己常常模稜兩可或是觀念不改變，就算有其他人的幫忙也是事倍功半。」

義宗未因自身的多重障礙而阻止他參與社會、貢獻社會的心，我很高興他主動跟我提起出版第二本書，也榮幸受邀參與他書名的命名過程。我看到義宗在這幾年慢慢走出自己的路，如他所說：「要改變別人、先要改變自己」，勇敢地改變自己，充實自己，實踐他的夢想，分享他的生命招牌——微笑，如他所說：「你要去除負面的想法，要靠自己走出來，人心開運就開，運開福就來。」

他序

為生命勇敢發聲

宋慧慈（國小退休教師）

陳義宗是第二位找師母寫推薦序的作者，也是先夫——國立臺灣師大特殊教育學系王華沛老師的九四級學生。凡修習過先夫學分課程的有為青年，我都曾聽聞；是先夫導師班的學生，我的印象會更加深刻；若是身障生，那就經常是我們夫妻間的話題。

收到義宗請我寫推薦序的 mail，恰巧是我這個三C白癡為著開啟線上課程而焦慮不堪的時節，本來想說寫推薦序必定是很艱困的工作，瞬間飄起一段先夫的叮嚀：「我知道妳很忙，但如果可以，請盡量滿足我的學生的需求。」

於是，這件事我放在心上一個月了！

幾度開啟義宗的文字稿，我總是情不自禁地會再讀一遍義宗在他的第一本著作《陽光的微笑》所收錄對恩師的緬懷〈願華沛老師一路好走〉一文，又讓我對先夫的思念久久無法翻篇。只要念及先夫對待學生的博愛，就更堅定我這個師母一定要寫推薦序的決心，那是一股「讓先夫在意的人事物更加美好」的使命感吧！

第一章的「無聲變有聲的演講日記」，超過五萬一千字的內容。讀完後，我腦海浮現「為生命勇敢發聲」的推薦序序名，不只作者勇敢發聲，作者雙親的大愛更是他敢於走出身心障礙的源頭活水。

二十一場的演講分享，從幼兒園教師的特教認知，到中小學校園的生命教育，到大學生融合教育的人文精神；從中臺灣的市區學校到山林偏鄉，甚至到臺北首善之都，義宗的演講主題內容，或受聽眾年紀而有所調整，讓我敬佩的是他分享生命熱情的一貫真誠，因此，每一場演講總能感染聽者的心動，然後有了行動。

特別好幾段的「微笑天使特調秘方」，絕對可以當老師和家長落實「尊重並擁抱生命」的教學、教養秘笈良方。

第二章的「E世代朋友圈」、第三章的「以文描繪自畫像」，義宗流暢的文字，讓我再再地讚嘆他為生命發聲的勇氣，字裡行間都可以讀到他是如何為「破繭而出」全力以赴。

那一篇「雲林口湖之旅」，我最有感覺！雖然文中都沒有提到先夫的名字，但我相信義宗念念不忘的恩師王華沛必參與在那趟行程中。那是我的婆家呀！

哇！很難下筆的推薦序，終於完稿了，我有一份「代夫出征」的榮耀。

衷心盼望義宗的第二本著作《微笑天使》，可以作為各級學校提升生命教育素養的參考書籍，讓社會真的走向「有愛無礙」的人間天堂。

自序

微笑天使

陳義宗

《微笑天使》是我的第二本作品。

「微笑」是我內在的心境與外在的招牌。原本我想將書名取為《靜靜的微笑》或《永遠保持微笑》，但大學的恩師洪儷瑜教授提出意見，「靜靜的」三個字感覺太過單調、無味，因而提出「微笑人生」、「帶著微笑活下去」、「無聲的微笑」、「微笑天使」等四個書名供我參考。

我很喜歡《微笑天使》這個書名，向教授請教含意，她說：「義宗，微笑天使是帶給大家微笑和祝福的天使，你願意用自己的故事和方式傳遞的訊息，就像天使一般。」

我一直思考教授的話，某天突然想到，我念小學時，從彰化仁愛實驗學校轉學到彰化市中山國小啟聰班，由於我是重度的多重障礙者，在外表與其他同學顯著不同，且各方面的能力也跟他們相去甚遠，所以常常被老師否定、同學揶揄。我不了解自己的身體狀況為什麼跟一般人不同，導致有一段時間我是在哀怨中度過，常向老天爺發出抗議：「您為何不給我健康的身體？」這個問題當然無法獲得解答。

小學畢業後，我到臺中市就讀。進入向上國中，對我的求學生涯是個美好的轉折，除了面對學業外，與同儕之間的溫暖互動與彼此協助，使我的性格漸漸變得開朗。這時，我放棄思考自己與他人的不同，坦然接受自己是多重障礙者的事實，保持樂觀的心情面對周遭的人事物。

後來，我在臉書寫了一篇文章〈腦性麻痺者投票時的不便〉，敘述每逢選舉時，投票這件事情對身為腦性麻痺和上肢活動不便的人非常困難，希望選委會規畫投開票所時能夠考量身障者的需求，減少我們投票時的阻礙。

臉書顯示一則高中畢業旅行時認識的羅幗英老師的留言，我一打開，讀了她的回覆：「義宗，老天給了你困頓被幽禁的軀體，卻又賜予你聰慧剔透的頭腦與心靈，一定有它深深的用意。就是藉著你的一顆慧心，為像你一樣的受苦者發聲。如你一般的身軀不便者，未必能有你的慧心與能力來表達；有慈悲、有能力的善心者，卻未必能具備這樣親身體會的經驗。所以，你是老天送給人間的天使。」

羅老師的回覆讓我頓時恍然大悟，也解開了多年來深藏心中的疑惑。如果沒有她，我可能還會在自己的問題中苦苦尋求解答，甚至吃盡苦頭後，才會尋求改變的方法。

為了免除家人必須陪我北上華騰出版社五年前出版我第一本書《陽光的微笑》的辛勞，我最後決定請臺中的出版社協助出書，但也因為無法決定該找哪一家書商而讓我苦惱很久。幾天後，想起晨星出版社曾經幫石德華老師出版《約今生》，便向石老師請教晨星出版社的細節，她還介紹徐惠雅主編給我認識。

我與石老師結識，是在彰化仁愛實驗學校小學部二年級時，那時她在彰化高中任教國文科。某次，石老師到學校進行特教學生相關議題取材時，曾經採訪過我的母親，並寫成〈另一種完整〉一文刊登於《臺灣新生報》。我念小學六年級時，石老師將此文收錄在她的著作《靜靜的深海》中。

我將書稿給徐惠雅主編看，她建議我增加兩個部分「前言導讀」、「微笑天使特調秘方」，理由如下：

一、**前言導讀**：先讓讀者了解我的成長過程，再跳接我的演講分享。未曾讀過我前一本書《陽光的微笑》的讀者或許能更了解我成長過程的不易，以及突破困難的勵志過程，因而產生共鳴。因此，徐主編建議我在本書中增加這部分。

二、**微笑天使特調秘方**：我的文章以成長故事起頭，文章的後面加上「微笑天使特調秘方」，因為我可以將自身的成長經歷與心境，或是在我演講過程中，同學們的反饋或是提問的解決方法提供給一般學校、特教學校或是家長參考，讓他們能更加了解身心障礙者的需求而提供教育協助。

本書封面構圖部分，我試著畫出一位神情祥和、自信而堅定、且對生命充滿美麗憧憬的微笑天使，藉此呼應書中內容（放於書封摺口）。此外，右下角的樹代表自己對生命充滿美麗的憧憬，象徵我從小至今，孜孜不懈、積極向上，如同一棵努力向下扎根，吸取養分，期待成長茁壯的大樹。

本書分為四個章節：

一、**無聲變有聲的演講日記**：這部分的內容為每次演講分享的紀錄，以及主辦人員給我的寶貴建議。

二、**我的E世代朋友圈**：

（一）**心情記事**：收錄我的心情日記、生活札記……等內容。

（二）**訪談隨筆：**聽障者受限於聽力的損失，與人溝通時會遇到不少困難。這部分記錄了我在課堂或生活中，與外界溝通時遇到的困難以及調整方式，可供關心聽障朋友的讀者參考。

（三）**未曾寄出的信：**身障者在生活中容易遇到不順心的事情而產生負面情緒，這裡是我以自身經驗感受身障朋友身陷陰霾過程的心情記事，讓讀者更能體會身障者的內心處境，希望有機會能夠設身處地給予支持。

三、**以文描繪我的自畫像：**這部分呈現我在準備國家考試期間，練習作文以及過往的生活經驗，隨著時光流逝，在不知不覺中打開一扇通往內心深處的門，也期望這些文字留下那段已經消逝的時光裡的回憶與喜怒哀樂。

四、附錄：

（一）這是兩篇刊登在《聯合報》繽紛版的文章，分別為〈開啟我的寫作之窗〉、〈腦痲博士孫嘉梁〉。

（二）第三篇新聞稿發布於臺灣師範大學公共事務中心網頁，是我與特教系大一學弟妹經驗分享的內容。

（三）第四篇是，我父親補充我幼年的生活片段。

本書能夠完成，藉助了許多人的力量，我很感謝晨星出版社徐主編以及編輯群在這段時間提供的協助；另外，也感謝一路扶持我的家人、關懷我的洪教授、王師母（宋老師）、羅老師、石老師，以及所有幫助過我的人。

前言 成長路上

我是陳義宗，一九八一年出生於臺中縣沙鹿鎮（今臺中市沙鹿區），國立臺灣師範大學特殊教育系畢業。

我是重度多重障礙者（腦性麻痺），除了肢體障礙（行動不方便、肢體平衡不佳）之外，還有重度聽障（即使戴上助聽器，仍無法分辨聲音），以及語言障礙（構音不清楚，與人溝通的方式主要依賴讀唇、手語或筆談）。

疾病的由來

爸媽說，媽媽懷我的身孕時，一切都很正常，分娩後，住院五天就回家了。

我排行老三，上有兩個哥哥，爸媽已有育兒經驗，但因為是嬰兒，平日除了吃喝拉撒、睡覺之外，並沒有什麼活動，所以沒發現我有什麼異狀。直到有一天，奶奶發現我好像有些不尋常，皮膚黃黃的，身子軟綿綿的，也不像一般小孩可以自己抓著奶瓶喝牛奶，又沒有聽力反應，連外面的鞭炮聲、節慶的鑼鼓聲……一概毫無反應，才知道我的聽力也異常。

爸媽知道我的問題嚴重了，趕緊帶我去醫院診察，發現黃疸過高，採用日光照射治療，仍無效果，醫生說我的疾病「疑似腦性麻痺」。開了藥，並無明顯效果。

媽媽回想她懷孕期間，並無生病、服藥或者其他特別的情形，但是在分娩時，不知是否因為待產時間過久，腦部缺氧，醫生又疏於處置，結果造成腦部受損。

隔年八月，那時我快滿周歲了，我還是全身軟綿綿的。有一天，爸爸在《中華日報》看了一則報導，知道有一位骨科名醫（爸爸已忘其名）受邀到彰化基督教醫院門診，報導說，這位醫師是骨科權威，治好不少無法行走的病人。

那是暑假期間的一個星期六，看診的時間在下午，雖然天氣很熱，爸爸騎著他的三陽八〇機車，頂著中午的大太陽，滿懷希望，載著我和媽媽到彰基求診。

掛了號，跟著一堆求診的病人排隊候診。爸爸說，輪到我的時候，媽媽抱著我進入診間，剛坐下來，爸媽還沒說話，醫師看了看病歷表，喃喃地說：「腦性麻痺，嗯……」爸爸一聽，馬上湊上前去，問醫師說：「大夫，您怎知是腦性麻痺？」醫師看了看媽媽懷中的我，說：「這裡的病歷早記錄了。」

原來我因為在沙鹿看診，服藥不習慣，所以爸媽才會帶我到彰基來，有時候也會就近在龍井的全真診所看病。我最近一次到彰基是五月八日，施治明醫師早就在病歷上記錄了，只是他沒告訴我們。爸爸猜測說，或許施醫師認為家長早就知道了。

這一次就診並未獲得預期的效果，因為我的問題並非出在骨骼方面，即使骨科權威也無能為力。唯一可以確定的是，我罹患了腦性麻痺，而且是重度的多重障礙。

復健和語言治療

打從未滿一歲開始，爸媽為了我而四處求醫拜佛。雲林西螺、臺中東勢，都有我求醫、拜佛的足跡；臺中市佛教蓮社的老師介紹爸爸帶我到苗栗的九華山。當時的九華山在苑裡火車站不遠處，我們全家人去的時候是坐火車，每當經過山洞時，我和兩個哥哥都覺得好新奇。由於沙鹿距離苑裡並不遠，有時爸爸也會騎機車載我和媽媽去拜佛，並在那兒享用素淡、美味的平安麵，又請回大悲佛水飲用。

爸爸說，九華山那位禁語苦修（整日不說話）的師父十分慈祥，有一次，師父微笑地抱著我，為我加持，那時我才一歲左右。

在我五歲以前，爸媽帶我到處求醫問診，跑過臺北的振興醫院，也坐火車一路輾轉到屏東的基督教「勝利之家」，還跑過南投的山區、西螺的偏鄉，尋求貴人的治療，也在臺中的中央醫院診治過（已歇業，是一家腦科診所），最後決定在彰化的基督教醫院治療，主治醫師是趙文崇醫師，定期門診大約持續兩年。爸爸每次就診，都記錄了我在兩次門診期間學會的進步，以及「還不會」的項目，趙醫師就把它貼在病歷上。

就診期間，每次都是爸爸騎著他的三陽機車，載著媽媽，而我夾坐在他們之間。從沙鹿到彰化的路程很遠，這樣度過了好多年的求醫歲月。為了能夠在家裡好好照顧我，媽媽沒有上班；不休假的日子，爸爸還得請假，才能載我們去彰化。

爸媽對醫生的治療完全配合，從我七個月大，到進入幼稚園就學以前，他們每週帶著我前往醫院進行復健，希望透過早期療育，幫助我提升學習能力，減低發展遲緩的後遺症。

一般家庭有腦性麻痺的兒童，通常會被「關」在家裡，家人比較不會帶出來跟外人見面。爸媽卻不這麼想，他們盡量帶我外出，讓我接觸外界的各種事物，目的是避免造成我太過封閉。

有時候，爸媽會帶著我到臺中的百貨公司，我們一邊享受免費的冷氣，一邊看著琳瑯滿目的商品；有時候是到公園，我們坐在湖邊看遊客划船、看天空的彩雲、看湖水蕩漾、看天空的氣球飄揚……。爸媽讓我以唯一還正常的視覺去觀察外界的事物，接受感官刺激。

因為停車不方便，到臺中大都是搭公車。下了車，他們就輪流背著我，夏天的時候，走在路上，往往背得渾身是汗。

在語言治療方面，媽媽定期帶我到彰基，指導我的是王淑娟老師（後來她到臺中教育大學教育系任教），還有一位美籍的費珮妮老師（Penny Phillips），兩位老師指導我很多，我在那邊做語言治療大約兩年以上，奠定了我日後學習發音的基礎。

念彰化仁愛實驗學校幼稚部時，每天上完體能訓練課，除了同學們必須做的復健運動以外，我還接受林淑莉老師的注音符號拼音指導，雖然我因為語言構音不正常，直到現在仍無法準確發音，但林老師的悉心指導，確實奠定了我學習國語的基礎。

◆ 彰化基督教醫院語言治療科的王淑娟老師

五歲，正是活潑好動的年紀，許多孩子已經用自己的身體和感官探索世界，而多病羸弱的我呢？卻還需要家人的扶持，成為父母生命中的重擔。爸爸說我是在六歲那年，方才學會了站立，這麼大的「進步」，確實是我生命中的大事。

有一天，媽媽對我說：「你的同學已經學會走路了，你呢？羞羞臉！」激起了我堅定的決心，開始試著自己一步一步學走路，卻又一步一步跌倒，跌得我皮破血流。

後來，媽媽為我穿上矯正鞋，也買了護膝給我穿，雖然我站起來，但是因為平衡不好，所以身子重心不穩，就像踩高蹺的人搖搖晃晃，跌跌撞撞，始終走不穩；嚴重的時候就直接趴下去，活像一棵傾倒的樹一般。

為了讓我在家裡方便練習走路，爸爸特地在牆壁上安裝一條三公尺的不鏽鋼欄杆，我雙手抓著欄杆，一步步吃力地走，在媽媽的保護下，每天練習站立、走路。

不知過了多久，我終於克服先天障礙，學會了走路。在這一段練習走路的過程，讓我了解到「付出的過程雖然是苦澀的，但果實卻是甜美的」，現在我已嘗到那甜美的滋味了。

在游泳復健方面，為了促進我的肢體發展，每逢週日，媽媽帶著我，乘著爸爸的三陽機車到臺中市健行路邊的「新教育活動中心」進行游泳復健，水療師先讓我練習用自己的力量鑽到水面下，再使勁把頭抬起來，然而還沒等我來得及換口氣，我的頭又沉到了水裡，經過多次練習後，我才學會了水中悶氣。

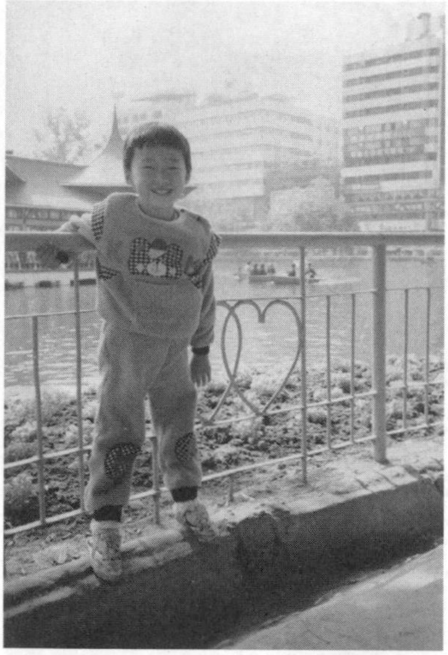

◆ 媽媽帶我到臺中的中山公園

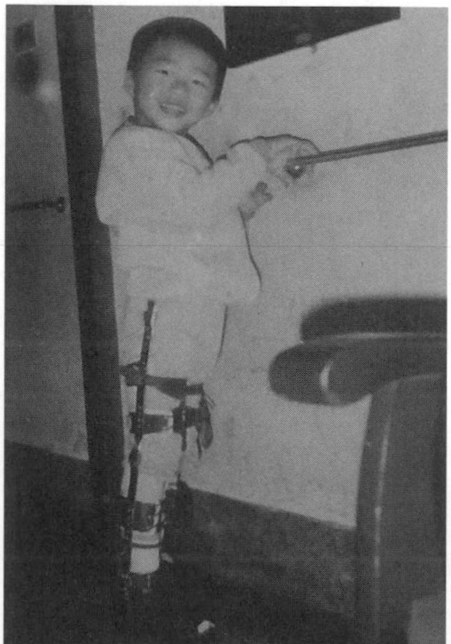

◆ 在家裡穿上矯正鞋，抓著鐵欄杆

藉著游泳圈提供的浮力，學習腿部的伸展和彎曲，也順勢讓身體前進或轉彎，這樣的復健持續了七年之久。

不愉快的小學回憶

從彰化仁愛實驗學校轉學到彰化中山國小啟聰班，剛到新環境，放眼所及全是陌生的同學，我一向怕生，也知道自己的外顯動作與行為跟別人不一樣，所以一直坐在位置上，下課時不敢任意行

◆ 仁愛實驗學校小學部一年級

◆ 仁愛實驗學校小學部二年乙班（作者在第一排第二位）

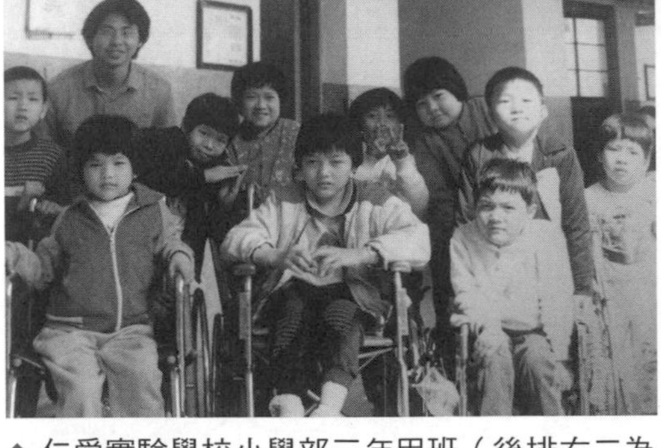

◆ 仁愛實驗學校小學部三年甲班（後排右二為作者）

動。

有些同學開始七嘴八舌地議論跟我相關的事情，從他們充滿嘲諷的眼神和表情，可以推測是說一些不好聽的話，也有些同學模仿我的肢體動作。我在仁愛實校從未經歷過這種場面，那些人的態度以及言語深深地傷害我的自尊。可是我不敢轉頭去看，只有坐著發呆，心裡充滿著委屈和不平。

當初，我跟同學不熟。有一天，我上完廁所，要進教室時，看見兩位同學因為不明原因在打架，當下，我立刻上前想要勸架，想不到他們居然要求我打對方，我看到吳同學怒目而視的嚴峻眼色，只好選擇打林同學。上課後，林同學警告我：「我要向媽媽告狀！」

◆ 中山國小三年級班導林芬吟老師

◆ 中山國小六年級班導吳金鏞老師

◆ 搭火車時，彰化高商的大姐姐教我讀ㄅㄆㄇ、基本的數字概念

◆ 中山國小啟聰班的同學（中排左一為作者）

隔天中午放學前，雙方家長來到學校談這件事情，媽媽對我愛之深，責之切，她只聽了對方的片面之詞，就氣沖沖地跑來我們班，用力地拉我到林同學的座位，要求我跟他道歉，並在大家面前狠狠地甩了我一巴掌，打得我哇哇大哭，老師、家長看到這種情形，立刻阻止她。

我承認打人不對，但很難過，因為事件發生當時只有我們三人在教室，沒人幫我說明情況，同學的謊話讓大家誤會了我，雙方家長也沒有查究詳情，就認定是我的責任，讓我覺得非常委屈。

又有一次上課時，老師指示課本的習題給我們做。我們寫完後，排隊拿到講桌給老師批改。這時候，排在我前面的蔡同學發現她的脖子紅紅的，轉頭看到我，很嚴厲地對我說：「義宗，是你抓我脖子，我要回家告訴媽媽。」我一時莫名其妙，我的雙手明明拿著課本，也沒有碰到她，真是不知從何說起！

我就讀的是啟聰班，班上同學都是聽力有障礙而四肢健全，只有我跟他們是嚴重的不同，集重度聽障、語障和肢障於一身，溝通又有困難，所以每當同學警告我：「我要告訴爸媽！」我就覺得很委屈！我要學會忍耐，生氣也沒用，否則只有徒增羞辱，因為我愈生氣，他們就愈想欺負我，所以我只好逆來順受！

那時，雖然我好幾次很想回到快樂的仁愛實校讀書，但這都是爸媽安排我轉學來的，只好硬著頭皮留下來，自己要堅強，好好面對挫折。同學把我當成欺負、尋樂子的對象，由於口齒不清的關係，就像啞子吃黃連，有苦說不出。那些難過與委屈，在我心中不斷旋繞著，不停地刺痛著我的心，儘管如此，我只是在內心裡默默告訴自己：「我忍著不願訴苦，也不能老是依賴別人幫我解決問題。」

學習英文的歷程

陳俊如老師是我上國中啟聰班的導師，她帶我們整整三年。她不因我們是身障孩子而降低對我們的要求，相反地，她教學十分認真，對我們的要求也很嚴格。為了讓我們瞭解授課的內容，她發揮愛心，上課會同時使用口語和手語，並且放慢來講解。

她擔任我們的英語課，上課時，先講授課本的單字，帶領我們念課文，為了讓我們學得更多更

◆《畢業典禮》啟聰班全體同學與陳俊如導師合影（左三為作者）

◆ 與啟聰班師長合影（中排左一為作者）

深，會再補充課外的內容，使我們的學習更為紮實。教完一課之後，並按照字彙、文法句型、模擬試題等三種類型循序複習，幫助我們建立正確的學習觀念，希望我們能對英文產生興趣，進而提升英文的成績。每個單元結束會作測驗，確認我們是否充分瞭解，目的就是希望我們能夠趕得上進度。

國一上學期第二次段考以前，我總是記不起來英文單字，也看不懂文法的單數、複數、時間狀態等等，成績無法達到九十分。

後來，我改變讀書方法，上課專心地聽老師的講解，回家試著念英文，好好練習課本習題，並努力翻查自修，有不懂的地方，第二天再請教老師。

這樣過了一段時間，期末考的成績達到九十六分，在班上的英文成績排名第一。

之後，趁老師教學的進度放緩，我就提前預習下一個單元，發現這才是提升學習效果最良好的捷徑。

陳老師的教學方法讓我對英文產生濃厚的興趣，雖然我上課聽不到老師說的話，只能用讀唇來學習，我的發音也仍然不清楚，但三年下來總算奠下很好的基礎。

陳老師是我的恩師，如果沒有她，我永遠學不好英文，也無法順利通過高中聯考的窄門而進入臺中一中，甚至在往後的大學身障推甄中，也很難以英文的關鍵優勢而得以考入臺灣師大就讀。

升學考試

國三時，為了參加高中職聯招和五專的身障推甄，每天放學後都會留校上「課業輔導課」，努力地想要把各科目作完整的複習，同時老師也規定了許多作業，讓我們變得更緊張，功課壓力很大。

我本來很想參加高中推甄，但學業的成績不理想。報名高職的一般推甄，是我國中第一次參加校外升學考試，目的是想測試我的能力到底如何？這次推甄錄取私立新民商工，在一千二百多位考生中排行第四百五十五名，這是參加一般生的競試，也沒有任何的加分優待，除了英文考了高分，作文成績也不錯，國文、數學兩科的成績都不太理想。

那一陣子只要有升學考試的資訊，老師就會告訴我們，同學們也都盡量報名參加。後來

◆ 同學們與資源班老師、星垣社學長合影

◆ 臺中一中校門－入德之門

我也參加五專的身心障礙推甄，錄取第一志願的私立親民工商專應用外語科。

由於私立學校的學費很貴，會增加父母的負擔，加上不清楚兩所學校的環境，所以我放棄了兩所已錄取推甄的學校，決定報考高中聯招。

這時，我回想起念國一、二時，每天放學的途中，都看到一位臺中一中的學生騎腳踏車經過，他的制服看起來帥呆了，因此讓我產生了想讀一中的念頭。

另外，在升國二的那年暑假，我看到《聯合報》頭版的大標題：「孫嘉粱（腦性麻痺）以北區高中聯考榜首考上建國中學」，他的成長故事令我非常感動。我立志以他為榜樣，他的故事也成了激發我向上的鬥志和動力。

畢業典禮結束，我跟班上兩位同學一

◆ 臺中一中 90 級三年一班師生合影（首排左四為施靜如導師，左五為蔡炳坤校長，餘為任課教師。作者在二排左六）

起到普通班加強高中聯考戰力。雖然上課時我們聽不到老師說什麼，可是在各科老師的激勵下，天天與複習考以及測驗卷奮鬥，希望能爭一口氣，考上理想的高中。

高中聯考放榜時，在家人的電話查榜中，確定我以身障考生身分錄取臺中一中；那時，一種苦盡甘來的安慰湧上心頭，全家人也為此雀躍不已。

放榜的幾天裡，不少國中老師、親朋好友的祝賀紛紛傳來，一種可以觸碰的成就與驕傲感，讓我心頭暖暖的，鼻頭又酸酸的。

努力學習

高一開學後，感覺到許多和國小、國中啟聰班的不同。以往班上同學都是身心

◆ 2001 年 6 月，第一屆資源班的三位身障學生以百分之百的錄取率通過大學部的身障推甄，蔡炳坤校長（右起第一位）頒發「明心獎」鼓勵。

◆ 我與同學和資源班導師施錚懿、英文科實習老師方安華合影

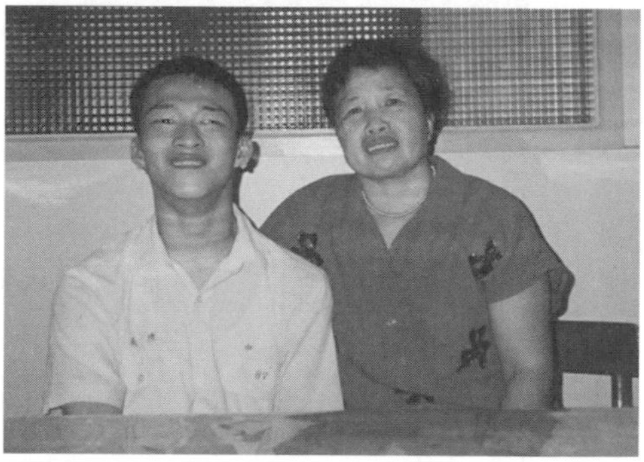

◆ 高中畢業典禮，作者與母親合影

◆ 2008 年 2 月，高一小型聚會

障礙生，大家能夠互相幫助，彼此的感情非常好；老師們也會適時調整自己的教學方式，以便讓我們了解得更多。

來到普通班裡，我看到許多來自各國中的陌生臉孔，緊張的情緒讓我有點膽怯。由於環境的不同，加上溝通方式的差異，各科老師、同學也不盡瞭解我的需求，無形中讓我產生極大的壓力，但我沒有時間徬徨猶豫，更不能浪費蹉跎。我明白唯有比在啟聰班時期更加用功，才能迎接每一個新的一天。

由於聽力不佳，我讀得比一般同學更辛苦，因為上課時必須目不轉睛地看著老師的嘴型及板書，卻仍無法了解老師所講的內容，也無法完整地抄筆記，學習效果自然不好，導致每次考試的成績都不理想。

放學回家後，倉促解決民生問題後，開始進行白天課業的複習，除了老師課堂補充的內容，當時爸爸也為我訂了一份升學輔導刊物《大同資訊》，我每天晚上會預習，並將裡面的重點記錄在課本上，一直讀到半夜為止。

我知道無論讀書也好，做事也好，必須靠著自己的堅持，走好自己的路，確立自己的目標，才能走得

◆ 高中時對我備極關心的馬加生學長（大學時拍照）

既穩又久，逐漸地走向成功的彼岸。

就讀高中時，每個月會有兩個週六是上半天課。週六中午放學回家後，我大都是先休息，讓疲憊的身心得到適度的放鬆。睡飽後，我回到桌前，此時，各科作業和參考書像一座小山般，聳立在書桌上。我埋首苦讀，只有檯燈和讀書聲陪著我。

我勉勵自己，堅定毅力，比別人花更多的時間學習，才能安穩度過三年的高中生活。

肯定自己

信心是事情成功的先決條件；有信心，就是肯定自己。在做每件事情時，不要懷疑自己的能力與條件，最重要的是收起心中的「遲疑」與「害怕」，盡力放手一搏，「豈能盡如人意，但求無愧我心」，這樣就是肯定自己。

大學時，我負笈北上，人生地不熟。第一次去買東西，因為說話不清楚，擔心別人聽不懂，心裡難免有些害怕，可是繼而一想：在外面的生活跟在家不一樣，生活中有許多新鮮的嘗試，也是一樁樁重大的考驗，種種瑣碎事物都要親自應付，練習跟陌生人說話也是熟悉環境的機會。

我慢慢鼓起勇氣，到師大宿舍後面的樂杯思店買紅茶，有了第一次的經驗後，發現自己跟老闆、老闆娘溝通並不困難。

有一次，我想要買冰淇淋沙，用口語唸出來：「冰－淇－淋－沙」，老闆娘馬上了解我的意

◆ 作者與直屬學長姐合影

◆ 師大資源教室於金門舉辦戶外教學活動

◆ 「大二班遊」陽明山擎天崗

◆ 「大三班遊」十分瀑布

◆ 師大資源教室於新竹內灣舉辦戶外教學活動

◆ 在臺北啟智學校實習

思，讓我的印象很深刻。

大三時，我買紅茶或綠茶，老闆娘用手指比紅色的嘴唇或綠色的舌苔跟我確認，讓我驚喜不已！後來知道她曾看到一位聽障者跟別人聊天的狀況，每次就學一點點。之後，我可以打手語和老闆娘進行點單，達到溝通無礙的境界。

因此，相信自己、肯定自己，就是給自己一次成功的機會，千萬不要因緊張、害怕、擔心而放棄，放手去做吧！

◆ 王華沛教授與師母

◆ 大學直屬學長——郭肇盛

◆ 臺灣師大資訊教育系李天佑教授

◆ 大四時，道德重整合唱團社表演後，特教系的夥伴們合影

◆ 作者與直屬學妹合影

◆ 師大資源教室為身障學生舉辦「人際溝通成長營」

◆「大四實習」我包裝的禮物

我的現況

身為多重障礙者，或許是因為經歷這一路學習以來的困難與考驗，讓我深深體悟到「教師角色」的重要性，也讓我燃起了想要「當個好老師」的信念。然而，讀大學的時候，由於口語無法清晰表達，限制了我與旁人正常溝通，再加上生活上種種的阻力，一點一滴地磨去了當初的耐心與熱誠，讓我開始懷疑自己是否有能力勝任教師一職，對於原本的信念漸漸失去堅持，也就放棄了當老師的這個夢想。

大學畢業後，我在家自修準備國家考試，然而年復一年的名落孫山，使自己心中的熱情逐漸消失，雖然試著擴大自己的交友圈，希望能向人抒發自己的心情，但總是擔心自己生活的世界狹小、加上身上的痼疾，缺乏自信而自我設限，反而愁緒如麻，更加令我垂頭喪氣。

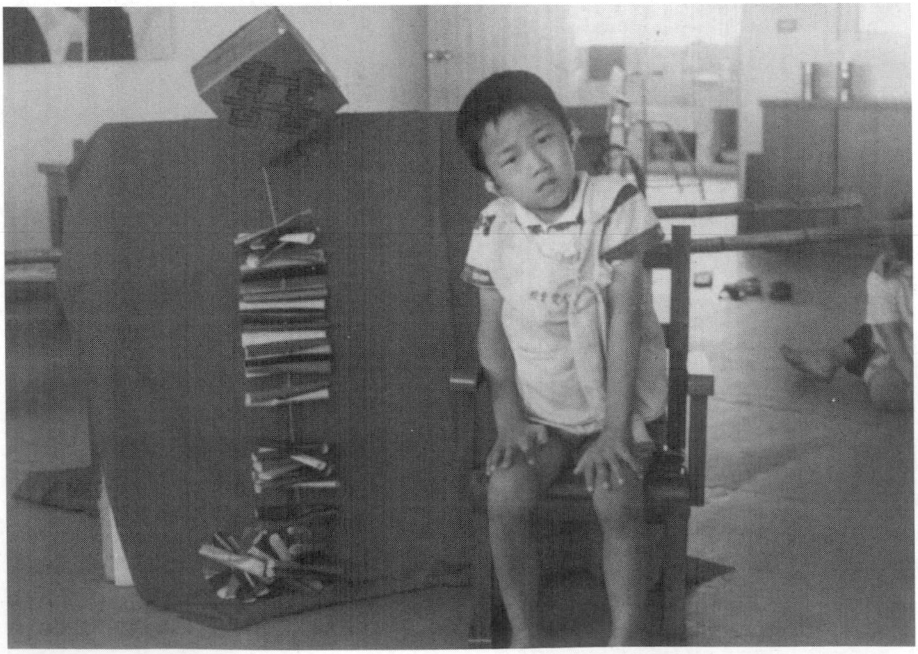

◆ 就讀仁愛實驗學校幼稚部時，能夠自己端坐在椅子上，無需旁人扶持，對我是很令人喜悅的進步。

直到有一天突然驚覺，自己的生命是由自己負責和評價的，要先肯定自我存在的價值，才能跨越自己築起的高牆走進人群，經過認真地思考後體悟到，我不能把時間都花在準備國家考試，而是該在生活中發揮自己的專長，例如：寫作、畫畫、編輯生活分類的英文單字等等。

至於寫書的部分，在因緣際會下，想起自己歷年寫過的文章尚未進行整理，經過考慮後，決定利用這次機會將自己的成長故事整理出來，讓從事教育工作者，以及關懷身心障礙者的家長及朋友們藉由我的經歷，更認識一位多重障礙孩子的心境與需求。

每一週寫完文章後，我就會在臉書上同步發表，看到大家的留言，讓我感受到溫暖以及大家的支持。在寫書的過程中，不時會想起許多傷心往事，有時淚水潸潸而下，數次想就此停筆，後來想到許多人的關心與鼓勵，還是決定繼續編寫一些文章，經過反覆的修改潤飾，才有《陽光的微笑》的出版。

《陽光的微笑》出版後，我受到許多學校的邀請，透過演講與同學們分享自己的成長故事。我期許自己能像畫中的天使般，用自己的人生路程影響每一位聽眾，並讓他們了解身心障礙者各種不

◆我終於可以站起來了（六歲時）

◆臺中一中資源班於南投清境農場舉辦戶外教學活動

便，期盼他們遇到需要幫助的人能主動協助並給予關懷。而來自聽眾與讀者的回饋，累積成我堅持走下去的能量，幫助我繼續投入特教工作、社會服務，貢獻一己之力，同時找回「當個好老師」的初心。

本書內容是我近年來的演講分享、回憶與寫作、心情記事以及訪談隨筆，經過整理後與大家分享。我期盼透過再一次用自己對生命的熱情以及對人生的樂觀，鼓舞更多身心障礙朋友，甚至是遭遇困難以及處於生命低潮的人，讓他們能夠面對並且勇敢挑戰挫折、突破困境。

枯萎的草木要用清水來滋潤，枯竭的心靈要用精神寄託來充實豐富；飽經挫折摧殘的心，要用正向的思考來縫合修補。他人面對障礙時是否會失去繼續努力勇氣？我不知道。但我不能灰心，因為一個人若不能自強，生命的意義與價值何在呢？身心的缺陷已是

◆ 大學畢業旅行，攝於臺東（2004 年）

◆ 師大資源教室於新竹內灣舉辦戶外教學活動

不幸，豈容我再自暴自棄？我選擇奮發自強，在困境面前不退縮，克服種種困難，永不放棄；我願擷取成功的果實，為挫折的心境開啟光明的道路。願我生命的詩篇，能為你們帶來新的體悟。

◆ 大學畢業旅行，攝於臺東（2004 年）

◆ 2007 年 2 月，與家人遊后里月眉育樂世界（大哥攝）

第1章

我用微笑迎接挑戰——無聲變有聲的演講日記

【演講日記1】以分享開啟演講人生

·地點：國立彰化師範大學特殊教育系
·時間：二〇一五年十一月三十日

十一月初，收到一則趙文崇醫師的臉書訊息，提到：「義宗，我現在在彰化師大特教系開設一門關於身障生心理衛生的課程。我感覺很多特教老師不了解身障生的心理適應，想邀請你現身說法，分享你的求學歷程，如何克服困難。」

趙文崇是我幼年在彰化基督教醫院定期門診的主治醫師，二〇〇三至二〇一二年，他在埔里基督教醫院擔任院長（作者按：目前已卸任）。讀完趙院長的信，我很樂意分享求學歷程，可是煩惱著該怎麼表達給這些大學生聽，想起大學三年級下學期，王華沛教授跟陳璽翔同學、黃馨宣學妹、陳秋燕學妹參加「溝通輔具研習營」回來後，提供可以將文字檔轉換為語音的「文字 MP3」軟體給我以及同樣是腦性麻痺者的黃健豐同學。後來，大四上學期的行政實習結束，我使用文字 MP3 軟體分享在臺北啟明學校實習的經驗。分享完畢，同學們的掌聲如雷鳴一樣熱烈，給了我很大的信心。

我在房間內花了半小時找到文字 MP3 語音軟體的安裝光碟片，卻發現無法安裝，在 Line 的高中群組向同學求助，徐有涵同學知道後，立刻上網找到試用版，沒想到問題就這樣解決，讓我感激不盡。之後，我花了一週的時間寫了一篇大約五千字的文稿。

十一月三十日中午，趙院長從埔里開車來我家，跟我的爸爸寒暄一陣子之後，就載我去彰化師範大學。途中，我發現從國道三號的龍井交流道前往彰化的時間比以前減少將近五分鐘，因為在我的小學時期，龍井還沒有高速公路經過，媽媽每天開車載我去中山國小讀書，沿著海線從沙鹿到彰化，需要二、三十分鐘。我回想過去，媽媽為了我吃過無數的苦，不辭辛勞地照顧我，不曾說過一聲累。

我在車上看著窗外的風景，湛藍的天空、千變萬化的白雲……，這些往日似曾相識的景致讓我的心情也跟著快樂起來。

到達會場，兩位大學的同窗曹博勝、林昱廷也專程趕來，他們目前分別在彰化縣秀水國中和臺中啟聰學校服務。博勝幫忙拍攝，昱廷做手語翻譯，同時請現場的同學安裝文字MP3語音軟體並進行細節設定。

分享之前，首先由趙院長開場介紹，他說：「陳義宗是我以前在彰化基督教醫院的小病人，他的媽媽在分娩時，可能由於待產時間過久，造成缺氧狀態，以致腦部受損，形成今日的腦性麻痺，也有聽障、語障等多重障礙。令我印象最深刻的是，義宗的媽媽帶他來就診時的態度跟大部分的家長不一樣，因她不會只看負面的障礙與抱怨，也會告訴我很多的正向訊息，例如：義宗現在已經會抬頭了、扶著旁邊的椅子可以站一分鐘了、已經走路等等。」

我使用文字MP3軟體進行簡單的自我介紹，並向趙院長表達感激之意，說：「我五歲時，媽媽帶我到臺北市振興醫院做復健治療，但因為在臺北租屋的生活不便，決定停止到處找醫生，之後主要的治療和諮詢工作，都是在彰化基督教醫院由腦神經科的您負責，定期由爸爸騎著機車，從沙鹿載著媽媽和我前往彰基門診，這樣約持續兩年後，我才學會站立、走路。趙院長，謝謝您！」

我跟同學們分享求學歷程遭遇的情況，諸如任課老師不了解身障學生的心理適應、師長與家長對身障者負面的刻板印象及誤解、學校提供的協助與服務、求學時期的困境及因應等等，使同學們了解如何體會身障生的困難。

分享過程中，我看到文字 MP3 軟體的畫面上同步出現到自己被揶揄、誤解的那段，心裡頭總是湧起一陣辛酸，不禁暗自落淚。每一位同學都很專心地傾聽我的敘述，我發現其中一位女同學在座位頻頻拭淚。

最後，昱廷針對同學們的問題進行手語翻譯，讓我知道完整的內容。雖然我想要表達自己的想法，但是很久沒有使用手語，也因太緊張而無法完整回覆他們的問題，所以我回家後針對現場回答做了一些補充，也請趙院長日後幫忙回覆。

這次的提問中有一個問題讓我印象深刻：「以後如果有像你一樣的學生被同學嘲笑，很難過，也發覺跟別人不一樣，要怎麼鼓勵這樣的學生？」我回答：「雖然上天沒有給你健康的身體，但不代表心中也有缺憾。只要勇敢地面對自己，拿出信心和勇氣，讓自己走出困境，也能讓生命綻放出美麗的花朵。」

分享後，我向趙院長道謝與告辭，就跟昱廷一起搭博勝的便車前往臺中世貿中心看展覽。

途中，昱廷問我：「大學時，你怎麼沒有跟我們講起你在求學時期被誤解、嘲笑的情形呢？你『忍』著不願訴苦。」我回答：「因為考上師大特教後，我要離開家裡，走出陰影，也要忘掉過去的一切，所以沒有跟你們提起這件事情，在系上如果被誤解的話，我也要自己承擔，不必自怨自艾，每天都面帶笑容，不但能改變自己的心情，更帶給你們好的印象。」

若將來接受其他學校邀請的演講，我會使用文字 MP3 語音軟體分享成長故事，更希望老師、家長傾聽、了解每一位多重障礙的孩子的想法，也對身心障礙的孩子多些幫助。

兩週後，我收到趙院長寄來同學的心得，其中有幾位是這樣寫的，給了我很多的回饋：

同學一

進入彰化師大特教系後，學了特殊教育導論，還有許多相關知識和理論，比較能說出身障生會面臨的問題，例如：視障生的認知學習困難，拿顏色來說，天生就是視障的人很難想像紅色是什麼；自閉症小孩中心聚合能力弱，看完這本書《小紅帽》，所得出來的結論可能是小紅帽穿紅色斗蓬，無法了解故事主旨……。教科書的內容僅是紙上談兵，事實上，每一個學生，即使是同樣的障礙類別，也有獨特的性格和特性，並非和理論寫的一模一樣，還是要跟學生有實際互動才能了解。

陳先生看到兩位同學吵架，出於好意想當和事佬，卻被捲入其中，雖然他出手打人不對，但老師、家長不能只聽一位學生的片面之詞而斷定、處罰他。由於他的口語能力有缺陷，無法為自己辯護，所有委屈只能自己吞。我聽了這故事，很心疼他，也警惕自己看待事物都要多面去探討，瞭解學生的行為動機，就要從學生的想法去下手，不是用老師、家長的想法去斷定。

另外，陳先生提到如果學校提供筆記抄寫員、手語翻譯員，更能提升聽障生的學習效率和課堂參與感，聽到這裡燃起我的鬥志，系上在下學期會安排我們班學手語，我要好好學，再報考手語翻譯員的證照，希望未來能幫助更多聽障人士。

同學二

陳先生的母親很偉大，在那個年代，生出一個有障礙的孩子，應該會因為旁人給予的責備壓力而放棄治療，但陳媽媽帶著他四處看醫生，進行治療、復健，將他從一個什麼都不會的小孩，逐漸拉拔成一個「會走、會寫，甚至可以上大學、到課堂上分享」的人。從這方面，我看到了特殊教育中所謂「沒有教不會的小孩」，只要有心，隨時都有可能進步。

從陳先生描述中，發現身障生在求學中，有很多方面都可能成為壓力的源頭，例如：本身的障礙、家長的誤解、老師的教學、同儕間的相處等等，通常身障生因為障礙，很容易引起誤解，然而他們無法表達或為自己辯解，只能將說不出的苦隱藏在心中。事件輕微者很快就可以淡忘，但嚴重者可能一輩子記得，甚至長久下來成為心理疾病，所以我覺得面對身障生時，應該用耐心去接收他們所表達的意思，運用自己所學所能，來幫助他們減輕障礙所帶來的不便，讓他們能在求學期間減輕不必要的壓力，能快樂、有效率的方式學習各種知識。

同學三

我覺得很重要的一點是自己能不能接受自己的障礙，陳先生提到他感到無助時，常常有「為什麼我是腦性痲痺兒」的想法，這是一個很實務的問題，老師和醫生要如何讓身障生接受他們的障礙，和障礙共存，我覺得唯有對自己的障礙能包容、接納並共存的人，才能良好的適應生活。

身障生在校園生活中，特別是跟同儕之間的互動，很容易因為誤會而產生摩擦，若無法跟同儕和睦相處，不僅會造成心靈上的空虛，也可能演變成嚴重的適應問題。特教老師除了要隨時注意身障生的身心狀況，適時輔導，也要對普通生做好特教宣導，幫助他們有正確的價值觀念。

同學四

陳先生很完整地細述了成長過程，可以發現他對於以前與什麼人發生什麼事、說過什麼話都記得很清楚，也因此他周圍的同儕和老師不經意的一個眼神和行為都使他心中留下無法抹滅的傷口，我特別注意到陳先生在描述遭遇挫折的幾個部分時，有時會露出笑容，當時所承受的痛苦和委屈好像都能夠侃侃而談，不再是壓抑在心裡的難過回憶。

我們學習特教，一直在思考如何給學生最適合、最大的幫助，總是站在學生的角度去預想他們可能需要的支持，其實很少有機會聽到身障生直接表達自己最真實的感受，因此今天聽完陳先生的分享很有感觸，我想他的經歷可以代表一部分身障生現況的縮影，很感謝他願意和我們分享很難得聽到的身障生內心感受，也給將來作為特教老師的我們指點了很多方向和建議。

同學五

在模糊的記憶裡，以前念中小學時，班導在一開學就會在全班面前提醒大家要多照顧某位同學，這個舉動也許出於善意，但換個角度想，這樣可能讓那位同學從此被貼上標籤，也就間接造成了階級上的差距，更嚴重地可能直接造成心理上的陰影。班級裡總是會有一些比較調皮的同學，在那個年齡，同理心也不是如此完善，欺負那些稍微不一樣的同學們，或許有人站出來幫忙，又或許只是冷眼旁觀。一些同學會選擇去向老師報告，但當老師介入這樣的事件時，想必一定是站在比較特別的學生上，這又會衍生出許多看不到的問題。這樣的不公平，對於普通生來說，是難以理解、體諒，因此欺負的人繼續欺負人，被欺負的人可能覺得自卑，諸如此類的惡性循環就不斷發生，所以就如同陳先生所說，特教人員的專業程度是非常重要的，也要跟普教老師密切地溝通，傳達正確的特教理念，才能給予需要幫助的人適當的幫忙，不至於矯枉過正。

同學六

令我印象很深刻的是，陳先生提到特教老師除了教學工作以外，也要瞭解學生的心理適應，把分內的事「做好」而非只是「做完」。因為個人不是身障生，所以不能完全明白他們的心理——希望老師明白他們的心理，不要以「自以為」的方式理解他們。再加上部分特教學生沒有良好的表達能力，更可能導致他們被誤解。期許自己未來當上老師，能夠試著找出和學生溝通的方式，盡可能讓他們有能力表達自己的想法。

我們系上向來倡導特教老師要秉持著「愛心、耐心、永不灰心」的精神來自我期許，但我認為除了這三心以外，最能夠讓人信服的是特教老師所具備的專業知能，隨著資歷增加，多充實自己，才能夠面對變化多端的教育現場。身心障礙生的障礙程度不一且類別繁多，特教老師除了是教學者同時也是學習者，在教學的過程中，要不斷學習如何成為一位稱職的特教老師。

同學七

在我和同學幫陳先生下載安裝文字MP3語音軟體之時，他遞來了一張紙條，上面寫著一些需求，像是將發音人從「約翰」改為「凱瑟琳」，也改變了一些輸出格式的需求及調整朗讀的速度。我看見這張紙條時非常訝異，因為紙上的字跡是非常工整的，看得出陳先生的用心，腦性麻痺者能寫出如此工整的字體實屬不易。

在後來的問答時間，趙文崇老師也補充說明，將發音人的聲音從「男聲」改為「女聲」，其實是有道理的，因為「男聲」的聲音低沉，較不易引起閱聽人注意。從這些小地方，我看見陳先生的用心之處，也被他的認真及努力深深地感動。

同學八

我們對於身心障礙學生，往往是要求他們行為規矩盡量合乎常規，認為這是「起碼」該做到的事情，卻忽略他們的心靈是比一般孩子更脆弱的，不但要承受許多異常眼光，自身的自我要求也是非常大的壓力來源，再加上溝通困難，很多事情他們只能放在心底，若沒有適當的紓壓，心裡會開始生病，漸漸地喪失了學習的興趣和自信。

我認為在教導這些學生時，不僅要提升他們的認知和技能，更要建立自我的認同感，並運用專業尋求學生需要的資源，讓他們不放棄學習的熱忱。

我仔細閱讀同學們用心寫下的感想，讀了好幾遍，心裡的感動湧上心頭，不斷地思考自己能為這個社會做什麼，未來的路又該如何走下去？後來，我想到自己的成長故事或許能帶給別人鼓舞，用自己小小的力量，能夠繼續不斷投入特殊教育、社會教育服務，鼓勵所有正遭遇困難或面臨挑戰的人，不要因為身體受限或一時的挫折而失去往前努力的鬥志，這樣才能讓這個世界更美好，如同鮑許教授在《最後的演講》一書裡提到的一句話：「我如果能夠以我內心感受到的熱情講述自己的人生故事，這場演說也許能夠幫助別人找到實現夢想的途徑。」

今天的經驗分享，讓我留下非常難忘的記憶！謝謝趙院長的邀請，也感謝昱廷、博勝以及系上同學們的協助。

微笑天使特調秘方

一、「微笑天使」是位腦性麻痺加上聽語障，在吸收資訊與語言表達方面都很有限，怎麼上臺分享成長故事？怎麼跟聽眾溝通？您可以提供以下協助：

（一）您幫微笑天使事先向聲暉協會申請「同步聽打服務」，聽打員會將場中各種訊息，透過電腦打字，呈現在螢幕中，使微笑天使了解內容。

（二）演講開始前，您可以協助微笑天使架設電腦設備與存取檔案，方便他分享成長故事。

（三）如果有聽眾提問，微笑天使可能會用筆談的方式請您協助回覆問題。

二、您可以協助微笑天使把障礙視為生活中及自身的一部分，經由面對面之討論與分享中，讓他認識個人的限制以及專長，積極地尋找出自我實現的能力。

◆ 受邀至彰化師大特教系分享
後排左一為曹博勝，左四為林昱廷，左五為趙文崇院長，其他四位為系上同學

【演講日記2】

與聽障生分享成長紀錄片

・地點：臺北市立啟聰學校
・時間：二〇一七年五月十八日

一月初，收到一則大學同窗林家楠的臉書訊息，提到：「義宗，我想要邀請你下學期來臺北啟聰學校演講，不知道你是否願意？我希望學生能夠藉由你的成長經驗，讓他們學習到對生命的韌性，不怕困難及危險。」讀完他的訊息後，我決定去臺北啟聰學校演講。

由於這場演講的對象是聽障學生，讓我想到大學時的導師陳美芳教授曾經建議我可以運用視覺輔助系統提高聽者的興趣，另外也可以讓學生們在聽講時放輕鬆，基於以上兩個原因，我預計在現場跟學生們分享成長紀錄片。

我開始使用「威力導演」這套軟體進行成長紀錄片的製作，期間收集許多照片並進行文字編輯，最後進行文句的潤飾，才完成了這部影片的基礎。

紀錄片要加上的音樂，我選了大愛劇場《一閃一閃亮晶晶》主題曲〈別害怕去夢想〉，因為我覺得這首歌的旋律以及激勵人心的歌詞很不錯。於是，我戴著耳機仔細聆聽這首歌，挑選出想要的片段，設定好要修剪出來的起始點與結束點，再確認剪輯出來的音樂，反覆剪輯了好多次，仔細地聽了一遍又一遍，終於剪輯出滿意的音樂，花了很多的時間才完成聲音的部分。

至於音樂字幕方面，因為聽障生無法了解歌手唱歌的內容，我也因聽力不佳而無法編輯，便請師大圖傳系的蔡明孝同學協助我將這首歌用卡拉ＯＫ的方式呈現，讓學生們能夠藉由畫面左邊字詞顏色的變換，了解歌曲的旋律以及搭配的照片想要傳遞的內容。

換一個角度來看，不管之後遇到的工作有多少困難，我會抓住這個機會，掌握它、挑戰它，進而突破它，將每一個機會化為美好的果實。

到北聰演講前一個禮拜，家楠建議我演說時加上手語輔助，使學生們可以了解我如何使用手語，但自大學畢業後，我很少用手語跟人交談，遺忘了許多內容，於是想到高中時幫我們做手語翻譯的尤如敏姐姐，向她請教一些問題，她使用視訊影片讓我可以重複觀看與練習，才能流利地使用手語輔助。

五月十八號早上七點，為了瞭解演講場地、跟家楠討論怎麼修改PPT投影片的內容，我一個人搭統聯客運前往臺北啟聰學校。

搭統聯客運上臺北的途中，望向窗外，天藍得像一汪海水，幾朵悠悠白雲，洋洋灑灑地點綴天空，好似一個美妙的夢。

下午一點半演講前，學務處的戴素美主任前來幫忙做手語翻譯，我心裡不由得發出一陣歡呼：「哇！我終於能夠見到她本人！」我曾經在《北聰創校一百週年校慶》臉書粉絲專頁，看過她以口語及手語祝福北聰的影片，她柔美的手語深深打動我的心。

演講之前，開場介紹是由家楠擔任主持，播放簡報介紹我及拙作，如下：

演講之前，開場介紹是由家楠擔任主持，播放簡報介紹我及拙作，如下：

一、**跟義宗的相遇**：我和義宗是大學同學，我回憶當初剛進到特教系時，第一次看到像義宗這樣有聽障又有腦性麻痺的身心障礙者，一開始我不知道怎麼跟義宗溝通，因此嘗試克服溝通的障礙，我們透過筆談、肢體語言的方式表達彼此的想法，義宗也教了我生平第一個手語，讓我感覺很新鮮。

二、**義宗的人格特質**：義宗是一位特別的人，雖然無法聽到聲音、無法說話清楚、行動不方便，但他勇於嘗試，不怕困難，比如說，當同學們遇到挫折時，往往很不開心，但他總是以微笑面對挫折。還有，義宗願意參加班上的活動，也可以跟班上其他同學一樣搭乘公車、捷運到義光育幼院從事志工服務，進行大學四年級的教學實習。此外，義宗也是一位認真負責的班長，熱心服務，勇於與人溝通，不辭辛勞地為我們班付出。

三、**上課時怎麼學習**：大學時，學校資源教室安排筆抄員在義宗的鄰座，提供即時的筆記整理，有兩種服務方式，一是用手寫，筆抄員將老師講課的內容馬上抄寫下來，傳遞給義宗閱讀；二是用筆電打字，上課時，筆抄員即時打字呈現上課的內容，使義宗了解；課後，再整理老師所講的重點給義宗複習。

我依照投影片順序顯示每一張的圖片，用手語演講成長故事，從出生、父母帶我尋找就醫資源、媽媽帶我去醫院復健、小學時遭受的挫折、高中聯考考上臺中一中、高一導師貼心的關懷、考大學前填前三志願的學校都在臺北的原因等等，尤其是談到小學時被揶揄、誤解的部分，我無聲地嗚咽起來，淚水已在眼眶中打轉。

演講在播放成長紀錄片給同學們欣賞之後結束。很多同學興高采烈地搶著舉手，用手語問我的專長、有什麼自豪的事情、有沒有心儀的對象、什麼時候學手語等等問題，氣氛非常熱絡。看來，他們敢於挑戰自我，真是令我印象深刻。

我在這次演講中，有一段與同學們互勉的話，我向他們說：「雖然我們的聽力不便，但是我們可以靠著後天的努力，來彌補生命中的不足，更希望以微笑面對世界，以勇氣迎接挫折，祝福你們的人生因堅強的意志而綺麗。」

演講後，我感覺自己的手語不夠流暢，只能靠簡單的手勢和文字來演講，幸好戴主任在旁幫忙做同步手語翻譯，完整表達我要傳遞的內容，我打從心裡感謝她的幫忙。

葉宗青校長握住我的手，並跟我、家楠、玫伶合照，說：「我們很感謝你願意來這裡演講，更給同學們一分鼓勵，激發了他們萬分的動力。」我向葉校長說：「謝謝您的邀請，讓我有機會為聽障生演講。」

這次的演講，是我第一次與聽障生分享，更是十分難忘的一次經驗。

微笑天使特調秘方

微笑天使為了準備演講，到Youtube網站尋找素材，但因聽力損失，無法了解歌曲內容，也無法編輯音樂字幕。

您可以協助微笑天使將這首歌轉換為KTV伴唱影片方式呈現，讓同學們能夠藉由畫面字詞顏色的改變，了解歌曲的旋律進行，以及影像想要傳遞的內容。

◆ 受邀至臺北啟聰學校演講

【演講日記3】

帶領身障生活出自信

．地點：臺中市立沙鹿幼兒園
．時間：二〇一七年八月一日

六月初，收到一則洪麗圓阿姨的臉書訊息中提到：「義宗，沙鹿幼兒園的園長想要邀請你演講，不知道你是否願意？」洪阿姨住在我家隔壁，我當下欣然應邀。經過一段時間的蒐集資料、修改講稿的過程後，才完成了演講稿。

成長紀錄片的媒材，一部分是我自己的收藏，另一部分是好友林家楠在我到臺北啟聰學校演講之前所提供，我從中挑選了適用的照片，比上一版紀錄片多了二十二張，進行編排後製作完成。

有了上一次使用威力導演軟體，一邊摸索一邊實踐的刻苦製作經驗，這次的作品在開工之前，我思索著許多可以修改的地方，像是這次的作品有注意到使用比較明亮的背景，希望呈現比較溫暖的感覺；另外在開場影片方面，也進行許多調整修正，變得比較連貫，而在段落之間的串聯，也運用了一些文字動作特效，使影片的畫面變得生動。至於照片的部分，將一張與一張的中間設定「交叉淡化轉場特效」，讓照片素材在切換時有比較豐富的轉場變化。

八月一號早上八點五十分，由於媽媽的車子有問題而無法發動，臨時請大哥開車載我跟媽媽去沙鹿幼兒園。

演講之前，首先由陳怡玲園長、洪麗圓阿姨開場。陳園長介紹拙作《陽光的微笑》，說：「各位，終於看到陳義宗本人，他就是這本《陽光的微笑》的作者，我也跟大家一樣很期待他今天的演說，大家很奇怪怎麼會有這樣的因緣能邀請到他呢？因為他是洪老師的鄰居，當義宗出書時，洪老師特地到每一個分班各送一本著作，如此充滿正向能量陽光的好青年，更是我們幼教界服務特教生的好典範，值得幼教老師學習及省思。因此，請洪老師聯繫義宗，才能成就今天的好因緣。另外，多年前，我從北部請調回沙鹿區公所辦理國教科業務時，就認識義宗的父親，只知道陳校長有一位偉大、賢淑、盡職的好太太，但從未見過面，今天能邀請義宗跟他的母親為我們分享，是我們的莫大榮幸。」

洪阿姨說：「二十二年前有緣跟義宗、他的家人成為鄰居，令我印象最深刻的兩件事，一是在義宗的求學時期，他跟他媽媽每天早出晚歸，二是他的求學精神，他念國中、高中時，每天晚上聽到從隔壁傳來他背誦課文的聲音，持續至深夜十二點，從未間斷過！從義宗念小學六年級時認識至今，他的臉上永遠綻放著一朵燦爛的小小太陽花，成長為帥氣、清秀、挺拔的大大太陽花，不變的是他為自己人生持續努力不懈的奮鬥著，永遠不吝於展現他陽光般的大笑臉，溫暖著人心。此外，我要跟義宗說：『我相信你曾經怨懟過身體的殘疾，反之，若把腦性麻痺當成此生的逆境導師，跟它學習如何接受它、適應它、超越它，進而成就一個真正想成就的自己！加油！你一定可以的！』」

我媽媽應陳園長之請，分享父母教養身心障礙幼兒的心路歷程，她希望家長在身障孩子的成長過程中，隨時觀察孩子的反應，發現異狀一定要立刻就醫，早療對孩子有莫大的幫助；主動學習瞭解孩子發展中的特殊困難與問題，以積極正向的態度帶著孩子接觸開闊的世界，勇敢走入人群，拓展他們的未來。此外，家長參與特殊教育的真正目的，主要在配合醫生的治療以及老師研擬出最適合孩子的教育訓練計畫，並協助這個計畫順利實現，同時保障孩子的最佳權益。

我使用文字 MP3 語音軟體分享求學歷程，內容有在和美實驗學校求學的經歷、一般學校推展融合教育、「激勵自己，埋頭苦讀」、普通班的上課情形、同學的友情、大學時自願當班代、師長的勉勵、一個人北上接受大學教育的生活挑戰等等八大主題，期望能夠滿足聽者的需求。我舉兩個例子加以說明：

一、一般學校推展融合教育

國內的特殊教育早已立法推動融合教育，身心障礙學生安置於普通班中是一種趨勢。融合教育不僅能夠讓身障生學會在普通班級跟大家融合相處、建立自信，充實他們適應普通教育環境的能力，使他們能夠提早適應一般社會。另一方面，對於一般生而言，能夠學習到幫助身障生的經驗，並且培養他們樂於助人的態度。

若學校沒有推展融合教育，也沒有提供適當的學習環境，一些容易被忽略的身障學生的學習就可能會被耽誤。另外，一些學校對身心障礙學生採取隔離的方式進行安置，也容易讓其他學生因為不了解而對身障學生產生誤解。

我舉了大愛劇場《我愛美金》的李美金老師推展融合教育為例：

偉玲是一位患有聽力障礙的孩子，儘管可以靠著讀唇語來學習，因為自卑而不想去一般學校就學，然而她媽媽堅持一定要讓她在正規學校和同學正常學習。所幸美金老師能夠以手語與偉玲溝通，並且發揮慈濟大愛的精神，教導班上學生學手語，讓所有同學有機會了解她的無聲世界，與讀唇語的溝通方式。

另一位則是患有自閉症的莉莉，認為自己跟一般人不一樣，所以非常抗拒上學。在莉莉正式轉入美金老師的班上以前，美金老師特別找了有關自閉症的書來研讀，想著該如何跟班上同學介紹她，好讓同學都能接受她。於是美金老師影印一則有關唐氏症小朋友的故事給同學們看，藉由這樣的例子來引導同學建立幫助弱勢同學的觀念，彼此能夠相親相愛、相互扶持。

美金老師的教學方式，讓我覺得她成功地將一般老師視為燙手山芋的兩位身障生，轉化成為他們班上同學學習成長的機會，這是一種福氣，能夠讓學生們了解如何去對待身障的朋友，如同臺灣師大特教系張蓓莉教授發表在《特教季刊》的文章，其中有一段話：「一般學校中，特殊學生需要的是無障礙的校園環境，需要與特殊學生接觸的師長、同學知道如何對待他們。」美金老師的班上有幾位頑固的同學，在她的循循善誘、一路引導下來，也開始幫助身障生，其實這樣的學習與經驗是非常可貴的。此外，身障生也學會在普通班級跟大家融洽相處，建立自信，充實他們適應普通教育環境的能力，我想這就是「融合教育」的效益。

二、師長的勉勵：

我大學時期的導師陳美芳教授協助引導我的方式很特別，跟別人很不一樣，不論我面對多大的困難，她知道後，會審慎思考如何解決，而且她總是用溫柔委婉的語氣和堅定包容的態度，將我面對的問題作具體的分析，而且從不拿我跟別人做比較、不給我壓力，每當跟老師聊完後，就不再胡思亂想，變得勇氣十足，有信心去解決問題。

舉個例子來說，當我被邀請演講時，第一時間就把這個令人振奮的消息跟美芳老師分享，後來在老師回覆的信件中，除了為我高興之外，更針對演講提供明確、清楚的建議，要我謹慎思考關於準備演講的每一個步驟，並且妥善規畫時間去準備，更使我明白如何將演講內容與方式進行調整，並從準備到實踐的過程中學習，進而得到成就感。

最後，我與在場的老師們互勉：

一、希望老師能主動積極關懷、協助身障學生，帶領他們活出自信，建立正確人生價值觀，順利融入學習環境，快樂走向自我實現的道路。

二、身心障礙孩子的表達和理解方式因個別能力不同而有

◆ 作者與大學恩師陳美芳教授合影（作者合成）

差異，老師可以發揮敏銳的觀察力，找出孩子的需求與溝通方式，營造更好的互動。另外也請盡量協助孩子找出優勢並進行發展，達到適性教育的目的。

這場經驗分享，不僅要感謝在場同學的捧場，認真聽我們母子的分享，更要感謝陳園長及洪阿姨的邀請。

充實的一天，也是精彩的一天，完美。

微笑天使特調秘方

上大學後，常有許多小組討論的作業，我跟同組的同學一起討論報告時，受限於本身的聽力問題，無法得知組員們討論的內容，也無法提出自己的觀點，時間長了之後，就乾脆在旁邊當個沉默寡言的「潛水艇」，內心一直深陷在陰暗的泥沼中。

升到大三時，在一次班導陳美芳教授個別談話之後，她發覺我與他人溝通時缺乏方法，對未來發展會有許多的障礙，令她擔憂！陳教授鼓勵我多利用機會跟他人溝通，給自己一個挑戰和轉變，這讓我產生了想當班代的動機。

學期末開班會時，有一項工作是選舉下學期的班代，有人提名林紓甄同學，過了幾分鐘，大家你看我、我看你，再沒有人提名第二位。

這時，我自告奮勇，提出自願當班代的要求，也請林家楠同學幫忙念文稿：「關於幹部經歷，我曾在小學三年級擔任過啟聰班班長，直到現在，還沒有擔任過班長。雖然行動比較不方便，但我願意接受這份考驗，請大家給我一個機會，讓我嘗試看看。」

投票的結果，我如願當選班代，感謝同學給我這個磨練的機會。

寒假時，因為知道家人會擔心，所以打算瞞著爸爸，沒想到春節的時候，兩位同學來訪，跟爸媽提到這件事情；當下，爸爸聽了很不放心，雖然他沒說什麼，其實在我心中隱約能感受到爸爸反對我當班代的原因，是因為當班代很辛苦，而我跟老師、同學溝通不易，倘若遺漏重要訊息時，必然會影響到班上的權益。只不過，我的想法正好與他相反，有嘗試，才會成長，也才有突破的機會，我在心態上比較敢於挑戰自我，這跟爸爸的想法截然不同。

儘管我的溝通能力不夠好，發表意見也不是很切題，但是我仍不會放棄溝通的機會，當班代是我給自己的一大考驗，我願意接受這種磨練。

召集班級幹部開會議時，由於我聽不到，說話也不清楚，副班長紆甄請身為筆抄員的家楠幫忙記錄大家討論的內容，然後再給我看，也幫我處理相關文件；並在開班會時幫我主持。紆甄總是替我著想，就算再忙也都不覺得累，我打從心裡感謝她的幫忙。

孟子說：「天將降大任於斯人也，必先苦其心志，勞其筋骨。」為了加強自己的溝通能力，我負責處理班上大小事情，當然，事情很多也很繁雜，時常需要規畫班級行程或者相關事項，就像學校公文、導師訊息、週會、獎學金、下學期選課時間等等的事務協調。而面對班級宣布重要事項時，我都予以條理化、次序化，透過網路、BBS、寄信讓同學都能知道，避免資訊傳遞不及時，而損害了同學的權益。

最令我印象深刻的一次是，為了邀請學長姐來演講跨領域的進修，我負責申請租借場地和時間，卻沒想到因為誤解導師的指示，導致程序出錯。事後，導師引導我對這次出錯的事情做檢討，讓我學會面對公眾事務要更加謹慎。此後，在處理類似的事件上，我好好地跟老師、同學溝通，並且對重要事項事前作確認，避免錯誤發生。

我很高興能在擔任班代期間學會負責任，在老師的引導和同學的協助中，慢慢熟悉這份工作，遇到困難不退縮，受到委屈不鬧情緒，處理事情的手法也更為圓融，順利應對班上各項事務，沒有弄得天下大亂，也因此得到大家的肯定。這份榮譽讓我變得更有自信，能夠勇於面對新的挑戰。

◆ 受邀至沙鹿幼兒園演講

【演講日記4】

面對挑戰，克服困難

．地點：臺中市梧棲區中港國小
．時間：二〇一七年九月二十二日

七月底，收到陳東源主任的Line訊息：「義宗，我很想邀請你來中港國小演講，談談你遇到什麼樣的困難，又是如何克服的？希望學生了解。請問你是否願意？」讀完他的訊息後，我欣然接受，當下就回覆了。

這次在中港國小的演講對象為全校學生，我從出生直到就讀大學這段期間，選出九則自己的成長故事，以看圖說故事的方式進行演說，以吸引學生興趣。

演講前一週，陳主任來我家模擬我如何進行演講的事情，便於他了解我的需求是什麼。我們討論的結果，一是使用文字MP3軟體，另一是聽眾提問的方式，由另一位老師打字呈現給我看，我再用手寫的方式把回應寫給陳主任，請他轉述給學生聽。

約定的日子到來，陳主任開車來載我前往爸爸以前服務的中港國小演講。今天戶外艷陽高照，讓人有心曠神怡的感覺。

到達會場時，陳主任跟替代役男楊先生為我準備兩臺筆記型電腦，一臺是播放文字MP3軟體，另一組是播放投影片。由於聽力不便，我同時要看著畫面上同步標示的字幕，並同步切換每一張投影片，才能完整表達自己要傳遞的內容。

演講之前，首先由曾經與我爸爸共事的蔡振地校長開場，並介紹拙作《陽光的微笑》，他說：「各位同仁以及全校的小朋友們，大家早！很感謝學務處辦理今天的『生命鬥士校園巡迴演講』活動，今天邀請到陳義宗先生蒞臨本校演講。陳先生是一位多重障礙者，患有腦性麻痺及聽語障，憑藉苦學，考取臺中一中、臺灣師範大學特教系，今年更首度發表《陽光的微笑》一書，正式列入作家的行列。我很早就認識陳先生，也知道他刻苦自勵的生命故事，期盼經由他的親身經驗，鼓舞各位小朋友。這是一場很特別的演講，因為我們聽不懂陳先生說什麼，他也聽不到我們講話的聲音，可是藉由資訊科技的協助，我們的生命將因這次的交流而更加美好。現在，就藉由大家的掌聲，歡迎陳義宗先生！」（這段話是從陳主任的紀錄得知）

陳主任播放 PPT 簡報，並介紹我：「第一次看到陳義宗先生，就是在中港國小。印象中，他是個乖巧的孩子。以前他父親在學校服務時，每年暑假，他跟著父親一起來學校，那時他還在念國中，除了跟我們打招呼之外，就乖乖地讀書、寫功課。」接著，提起我的現況，陳主任說：

一、**陳先生有很強的自學能力：**他在與我使用 Line 進行對談時，打字速度很快，使我忘了他的一些限制；他靠自學做出的影片，讓我感覺很厲害；他每次到臉書發表文章，更是讓我驚嘆！

二、**細膩的文字書寫：**我閱讀他的書後，感覺就像把生活中許多人事物用自然通順的文筆書寫出來，讀起來讓人印象深刻且真切感人，寫得流露真情。

三、**特殊與平凡**：在過去與身障生相處的經驗中，一般的老師通常會在全班同學面前提醒大家多照顧某位弱勢的身障同學，不過從他的文章裡，可以感受到身障生也有自己的感受與想法，他們跟我們一樣害怕被誤解，然而老師有時疏於傾聽，比較少深入了解他們的特殊需求，以至於忽略了身障生的心聲。

陳主任的過獎，讓我愧不敢當。陳主任又說，透過我的文章與演說，在座的同學們看見我的特殊需求，也看見我在平凡中依然奮發、努力。陳主任期盼同學們了解身障生雖然跟一般生有著先天上的差異，但不要忽視他們追求成長、夢想、友誼等跟一般人一樣的需求，因為他們也跟我們有著平凡的共同處。

我用文字 MP3 軟體進行簡單的自我介紹，向同學們敘述自己面對困難與挫折時，一貫堅持努力的原則：

一、我們要把困難當挑戰，勇敢地面對它，如果失敗了，再重新開始，記取為何失敗的原因。

二、當困阻來臨時，勇於接受挑戰，秉持「吃苦當作吃補」的精神，才能化困難為良機，享受成功的果實。

接著，我分享自己的求學經歷，例如：腦性麻痺的成因與治療經過、小學時在校園受到的異樣眼光、在啟聰班求學的情形、升學考試、大學時自願當班代等等，我想這次分享個人的求學經歷，可能是同學們未曾有過的經驗吧！最後我與同學們互勉，在往後的日子裡，在逆境中要樂觀，在勝利時保持平常心，遇到挫折時要正向思考，激勵自己永保一顆上進心。

高中時如何克服困難的部分，從在彰化仁愛實校附幼、彰化縣中山國小到臺中市向上國中，總共十三年的時間（小學三年級轉學時再從二年級讀起），我在特教班讀書，各科老師會用各種方法調整自己的教學，以便讓我們能夠得到最有效的學習。但高中聯考考上臺中一中後，在「回歸主流」的教育口號下，我進入普通班就讀。由於聽力不佳的因素，讀得比一般同學更辛苦，上課時必須目不轉睛地看著老師的嘴形及板書，無法了解老師所講的一句話，也無法完整地快速抄筆記，學習效果自然不好，導致每次考試的成績都很不理想。另外，每天放學回家，解決民生問題後，開始進行白天課業的複習，將「大同資訊」參考書的相關教材記錄在課本上，一直讀到晚上十二點為止。幸好有老師跟同學的協助、鼓勵及不放棄，我憑著毅力和堅忍不拔的決心，不斷地學習、累積經驗，克服困難，才能度過充實的高中生活。

陳主任播放簡報的最後一張，並對大家說：「陳講師提到他的偶像是孫嘉梁先生，我看過孫先生上過《點燈》這個節目，透過鏡頭，吃力地談到家人如何陪伴他克服障礙，讓他能把聰明腦力發揮出來。孫先生很用功，不但以北區高中榜首錄取建國中學，後來還攻讀臺大資工系、臺大數學研究所，以第一名成績畢業，並考取公費留學，拿到美國數學博士學位，而有『腦麻博士』的稱號。我相信孫先生能夠實現自己的夢想，陳講師也可以做到。」

我在這次演講的最後，有一段跟同學共勉的話：

一、不要只看自己失去什麼，要看自己擁有什麼。

二、遇到困難時，不要找藉口和理由，要找方法。

結束分享後，我安排有獎徵答活動，陳主任提出三個問題讓大家搶答，其中三位同學回答正確，各得到一本拙作，我也跟每一位同學合照。

不少同學們興高采烈地搶著舉手，問我怎麼學會游泳、多久完成PPT簡報、怎麼克服困難、會不會打手語、最想去哪一個地方旅行等等，我請陳主任幫忙回覆我給的答案。有一位同學問我怎麼比手語「大家好」，我的手彷彿舞蹈般流利地比畫各種字詞。

最後，我抱著愉悅的心情和各班師生輪流合照。蔡校長握住我的手，並塞給我一張小紙條：「義宗，你很棒！謝謝你！演說內容可以給我們的小朋友帶來激勵作用。」

周美華老師送一束美麗的鮮花給我，並請我在拙作上簽名，吸引一些同學們圍過來看。

陳力菁老師是兩位哥哥就讀幼稚園時的老師，跟我說：「義宗，我幾次閱讀你的大作，再加上今天聽到你的分享，真是令人感動！」她眼眶裡打轉的淚水不由自主地湧了出來。

人生到處有溫情，我要感謝陳東源主任的邀約，以及中港國小師生的熱情參與，讓我可以分享自己的生命經驗。

微笑天使特調秘方

一、一般同學上課時，「耳朵」是學習的主要管道，不過對微笑天使而言，「眼睛」才是學習的主要管道，必須依靠眼睛專注地看老師的唇形、表情及動作，試著了解老師講述的內容，這是比一般人更辛苦的學習歷程。尤其是，微笑天使在普通班上課時，因聽覺障礙致使學習管道受限，比較難融入課程進度，進而影響到學習成就。

若你是微笑天使鄰座的同學，可以嘗試將老師講課內容簡單扼要地寫下來，提供他該注意的地方以及課程進度，提升他的參與感，幫助微笑天使融入課程，跟上同學們學習的腳步。

二、微笑天使是腦性麻痺患者，因聽力障礙及執筆書寫的不便，課堂上所做的筆記，相對來說不夠完整，若你能提供完整的筆記供他參考，就能協助他在學習上更為順利。

◆ 受邀至中港國小演講，與小朋友互動
左一為陳東源主任

【演講日記5】

分享大學階段的求學歷程

——·地點：國立臺灣師範大學特殊教育系
——·時間：二〇一七年九月二十七日

九月二十七號下午一點半，我在母校國立臺灣師範大學的博愛樓演講廳分享我在大學階段的求學歷程，資源教室的張雅雯老師、鐘筱涵老師為我準備能夠將演講稿投影到布幕的設備，以及記錄老師的開場介紹、學弟妹提問的內容。

◆ 特教中心洪儷瑜主任

演講之前，首先由特教中心洪儷瑜主任開場，並介紹拙作，說：「各位同學，歡迎你們來就讀！你們的班導邱春瑜老師和陳義宗學長都是我的學生。陳義宗是本校特教九四級學長，由於他的聽力、口語均不便，較難成為一位特教老師，但很努力做自己想做的事情，平時也會持續在網上分享現況與成長經驗。義宗小時候的特教環境跟現在不同，多數人以為他應該念特教學校，但他的能力表現應該在普通學校中進行融合教育。義宗讀過特教班、資源班、普通班，他的求學歷程也為臺灣特殊教育發展作見證，是融合教育典範，日後各位要成為一位特教老師，義宗的成長經驗是非常貴重的參考資料。另外，我曾經邀請各類身障者進行分享，感謝文字 MP3 軟體的問世，讓義宗有上臺分享的機會，利用這次機會，各位也能體會到，只要針對身障者的個別需求提供輔具資源支持，並給予適當支持，就能協助他們融入社會。」

這次演講的對象是特教系的大一學弟妹，我用文字 MP3 軟體自我介紹，並介紹了特教系的特色：「特教系就像是一個大家庭，在這個以接納異己為核心的家庭之中，對於每一個擁有自我特色的你我，都以愛為支撐，讓夥伴們都能在與他人互動的過程中，慢慢學習如何欣賞別人的優點，正視自己的缺點，彼此接納，並自我激勵，與同伴相互扶持，一同成長茁壯。也就是說，讓每個夥伴都感覺到自己是被愛的，在心中種下希望的種子，將來就會有能力去接受一群更需要協助的特殊學生。」

演講內容包含我為什麼北上求學、師大資源教室、志工服務經驗等等十二大主題。我列舉幾個例子加以說明：

一、師大資源教室：

資源教室主要目的在協助身心障礙學生適應大學環境，順利完成學業，並提供適性教育，使其在求學期間能充分發展身心潛能，進而增進社會適應能力。

關於身心障礙學生的服務，不同障礙類別的身障學生需要幫忙的地方各有不同。以我為例，資源教室提供的服務如下：

（一）筆記抄寫服務

大學的生活不像高中時全班一起上課，對我來說真是個負擔，加上老師很少寫黑板，我完全聽不到老師講課的聲音，後來到資源教室請求輔導老師的協助，才有了筆記抄寫的學長姐及同學幫忙，他們有空會到教室一起上課，也會解釋老師教課的內容，直到我瞭解為止。

筆記抄寫員制度由本校特教中心蘇芳柳老師自國外引進。為了協助聽障生順利學習，每個學期開始，資源教室就會調查聽障生筆抄服務的需求，再依需要召募筆抄員加以培訓，他們要經過長達三週的實習後，才能成為合格的筆抄員。

受訓的筆抄員專為聽障生、手部不便的肢障生於課堂上提供筆記抄寫服務。尤其是聽障生，筆抄員將老師上課內容、同學的報告等轉換為電腦文字，使他們知道現在教室內發生什麼事，降低他們心中的焦慮與害怕，所以對於聽障生來說，筆抄服務所提供的心理支持是相當重要的。

（二）提供生活輔導

本校資源教室協助提供無障礙的學習與住宿環境，以特殊寢室為例，欲申請住宿的學生須具備基本的生活自理能力，並經本校住宿委員會評估通過。我大學時住的特殊寢室是在宿舍的一樓，空間比一般寢室還大一倍，這樣的設計也是專為行動不便的身障生設想的。

我的室友除了我是腦麻生，也有肢障學生一起住宿，他們的聽力及語言能力正常，但是行走須靠輪椅或代步車。我住的寢室是設計住宿四人，床位是單層木質床，也有衛浴。室友的障礙類別不盡相同，每個人都有個別的不便之處，我雖然行走不便，但自願每日主動幫忙處理一些日常事務，例如：倒垃圾、代購物品，甚至洗衣等等，我希望以實際的行動來學習為他人服務。

二、學習統計

大一上學期的統計課時，資源教室安排一位學長幫我抄筆記，有了他的幫忙，上學期的統計勉強過關，下學期因學長要教學實習，抄寫筆記的工作改由班上同學負責。

下學期最讓人頭痛的部分是迴歸分析、假設考驗與區間估計，這些原本就艱深難懂的內容，受限於聽力問題，更是讓人感到挫折，連續兩次大考都遇到困難，成績單也出現了紅字。

大二下學期重修統計課，在課堂中跟著老師授課進度逐字逐句地研讀課本，並盡可能地計算每一道題目，務必將老師當天講授的課程內容全部學會。

資源教室安排一位碩士班的汪怡甄學姐個別指導我，每個禮拜四早上，學姐在黑板上寫得密密麻麻，我將她寫的抄在課本上；在課堂中有疑惑，我就會提問，直到所有問題都解決為止。

我認為學習統計最重要的就是要理解每一個觀念的來龍去脈，同時要實地運算，算多了自然容易明白。

大學的考試和高中有很大的不同，很多時候並沒有考試範圍，所以在學習過程中，必須有良好的策略，從理解與記憶中建立完整的系統，日後在實際應用時，才能夠確實將資訊轉化為自己的能力。

三、志工服務經驗：

大學四年期間，我有志工服務經驗，包括在啟明學校、義光育幼院、系上主辦的唐寶寶夏令營等等。

大二上學期修張千惠老師的「重度與多重障礙者教育」課程，規定各組要去教養院或特殊學校做志工服務，藉由實際接觸現場而得到的經驗，從中驗證課堂所學的理論，也藉此反覆檢視自己面對教育現場時，是否已具備足夠的能量與知能。

以義光育幼院為例，我跟林家楠同學每禮拜五搭公車去義光育幼院，展開志工服務的工作。進入義光育幼院時，發現院生們因環境刺激較為不足，整體發展較一般人顯得緩慢，更有的因為家庭遭逢變故、身心智能缺陷及無力撫養，經由社會局安置來到了「義光育幼院」。

義光育幼院的陳老師告訴我們，在身心發展時期，適切的引導能夠幫助孩子們在未來的社會適應較為順利，因此院內希望能藉由遊戲治療、物理職能治療，從遊戲、復健中多元化刺激院童，讓他們的身心得以平衡發展。

有一次，我跟家楠當志工時，陳老師邀請院外的楊老師來教院生如何用捏麵做出兩隻動物，如：蟬、海獅，不過上課時，一位院生突然發起脾氣，楊老師請陳老師來處理，過沒多久他就回來上課了。我私底下問過陳老師，才了解他之前也有同樣的情形，如果不馬上處理，院生將會完全拒絕學習，更糟的話會影響其他院生，所以楊老師當時馬上請陳老師跟他溝通。

換個角度來看，我們也不要一味地制止院生的情緒發洩，不妨先觀察、瞭解他們的需求，設法找出最有效的改善策略，在不傷及師生間的和氣，讓院生學會適當的自我控制，提升情緒控制能力，這樣可收一舉兩得之效！

我跟家楠從育幼院的「志工服務」課程中，學習到許多課堂上沒有提到過的知識，例如：班級經營的方式、控制情緒的方法等等。這些在日後的實習或志工服務時都可以實際派上用場，是非常有用的經驗。

我在這次演講中，與學弟妹互勉的話，也分享於此：

一、大學四年，你們學習到了許多有關特殊教育的專業知識，也具備了可以從不同的角度去觀察人事物的能力，另外拓展人際關係，學習待人接物的道理，更讓自己知道生活與人際關係也是很重要的。

二、不論你們身在何方、去到何處，不妨多留意身旁有特殊需求的人們，嘗試以合宜的方式相處與協助，讓他們感受到你們的真誠與支持。

三、不要忘記鼓勵特教生用微笑面對一切的挫折，也要期許自己用包容面對人生中許多不完美的人。

分享後，我搭配資源教室雅雯老師的筆談，回覆學弟妹提出的問題。學弟妹的問題如下：

一、你為何填第一志願是師大英語系？

答：當時身障推甄的結果，同時錄取師大英語系以及第十六志願的輔大圖書資訊系，由於國中、高中的班導都是英文老師，在六年的教學薰陶之下，啟發了我對英文濃厚的興趣，所以就把師大英語系列為第一志願，純粹只是想延續學習英語的一股熱忱，並未考慮自己的重度聽障以及發音障礙，但因口語構音不全的關係，面試並未通過。當時父親也曾鼓勵我就讀輔仁大學圖書資訊系，但我因過於執著對英語的熱愛，沒有接受父親的建議。

二、身障者的問題來自父母不放手，很多家庭都是如此，小孩被過度保護，你的看法是什麼？

答：對於身障者，父母的過度保護，無形中會剝奪孩子學習的機會。父母如果能給予孩子足夠的機會去嘗試，孩子便可從嘗試中學到更多的經驗，發展更多的能力。我認為父母可以適度放手，但不該放棄，應善盡輔導與協助的責任，畢竟身障孩子的成長無法脫離父母的推力。

三、臺中一中資源教室的老師在你求學時提供哪些支援？如果他們今天來聽你的分享，你希望告訴他們什麼？

答：臺中一中在我入學前，也招收過身心障礙學生，不過他們都是單一障礙，我是第一位重度且多重障礙的腦麻生，在語言及聽力方面嚴重受損，我的肢體協調障礙也導致行動上的種種困難，這對於學校的特教輔導老師無疑是一項前所未有的考驗。

雖然如此，資源班的老師們卻以無比的熱忱接納我們這一群身障學生（我高三時，校內已有超過十五位特教學生），戴英宏、謝秀圓和施錚懿三位老師（還有實習老師）都很有愛心，我每週都會去資源教室，還有其他同學也在那兒，有的是自修，有的是接受老師的指導，譬如說話訓練等。資源教室也會有普通班的老師在場，我們遇到課業問題，也會向他們請教。資源教室也是我高中三年期間讓我舒緩身心壓力的地方，我感恩老師們為我們的付出。

四、你接收影音訊息時，會有什麼限制或困難嗎？

答：Youtube影片有顯示字幕的功能，讓我能了解影片訊息，如果沒有這個功能則無法獲得資訊。接收音樂方面，只要同步播放文字，就方便我了解歌詞內容，但歌曲旋律只能使用音波震動的方式來感受。

五、學長，如果你當一位老師，有沒有特別想服務的對象？

答：若我是一位老師，我要盡我的責任把學生教會，從了解學生的個別差異上著手，找機會給予學生補救教學，提升他們的學習能力。如果班上有身心障礙生，我會鼓勵同學們接納他們，因為上天沒給他們健康的身體，我們不要再度給予傷害。我也會鼓勵身心障礙生要勇敢面對自己，拿出信心和勇氣，讓生命綻放出美麗的花朵。

六、小時候的不愉快如何走出來？

答：我念小學時，從彰化仁愛實驗學校轉學到彰化市中山國小啟聰班，常常被老師否定、同學揶揄，我不了解自己的身體狀況為什麼跟一般人不同，導致有一段時間我是在哀怨中度過，想向老天爺詢問：「您為何不給我健康的身體？」這個問題當然無法獲得解答。

小學畢業後，班上只我一人到臺中市向上國中啟聰班就讀。進入國中，除了面對學業外，老師的關懷、同儕之間的溫暖互動與彼此協助，使我的心情漸漸變得開朗。我也漸漸能坦然接受自己是多重障礙者的事實，保持樂觀的心情面對課業及周遭的人事物。

七、你念大四時，室友會帶朋友回寢室，為何不跟他們一起同樂呢？

答：我的障礙類別跟他們不同，我承受比他們更大的學習壓力，為了應付課業，我每天都往圖書館跑，一直讀到圖書館關閉才回宿舍，所以無法參加他們的同樂。

八、文字 MP3 軟體的功用跟 Google 小姐有何差別？

答：文字 MP3 軟體提供了類似卡拉 OK 的聲音及文字同步標示的功能，念到哪裡，畫面上也會同步標示到該字的位置，使聽障者瞭解上臺者傳遞的內容。我演講或是上臺發表時，需要兩臺筆記型電腦，一臺是播放文字 MP3 軟體，另一臺是播放投影片。由於聽力不便，我看著文字 MP3 的字幕，需要同步按著每一張投影片，才能完整表達自己要傳遞的內容。

Google 小姐則沒有提供卡拉 OK 方式的字幕功能，這是給聽障者、或是腦麻者使用手機時用的，比如說，當我們外出購物時，可以播放文字給店員聽，讓他們了解我們的需要。

九、我想知道更多在你升學、求職歷程中，家人扮

◆ 受邀回母校臺灣師範大學特教系演講，與老師、大一學弟妹合影

演什麼角色？你會希望家人看你的大作或聽你的演講嗎？為什麼？

答：我天生腦麻，這一路走來的艱辛路程，家人並沒放棄我這個「特殊」的家庭成員，他們全程陪伴著我，我的兩位姑婆也極度關照我。我出生在沙鹿的鄉下，父母為了醫治我的疾病，從西醫到針灸，甚至求神問卜，從臺北至屏東、從臺中至彰化、南投、西螺，都有爸媽慌忙奔走的足跡，可謂備極辛勞。倘若沒有家人的支持，就沒有今日的我。若有機會，我當然願意家人來聽我演講，事實上有幾次演講是家人開車陪伴我到學校演講的。目前媽媽還在上班，爸爸和叔叔須照顧臥床十多年的奶奶，所以在哥哥上班、沒空載我的時候，還得勞駕邀約學校的老師或主任開車載我，真是讓我感激不盡。

十、學長，除了想幫助更多腦性麻痺的人，你對未來還有什麼期許？

答：我期許自己持續精進電腦及寫作能力，學習新知識，增廣見聞，不斷地充實自己、累積實力，以穩定的步伐向前邁進。如果我無法站起來，也談不上幫助別人，所以我要保持樂觀的精神和堅強的毅力，勇於接受挑戰、克服困難，力求突破以追求卓越。

演講結束後，大家合影留念。我除了祝福在場的各位學弟妹在大學四年內能開開心心地挖出屬於自己的寶藏，擁有多采多姿、收穫滿滿的大學生活外，更感謝洪主任一直以來對我的關懷、支持和鼓勵，以及資源教室張雅雯老師、鐘筱涵老師的幫忙。

【演講日記6】

師大演講之旅

・地點：國立臺灣師範大學
・時間：二〇一七年十一月二日

今天清晨五點四十五分，媽媽開車載我到臺中的統聯客運中山站。到達後，媽媽先行前往工作場所，我獨自搭乘客運前往母校臺灣師範大學演講。

遇到高中同窗

原本計畫九點以前到達臺北車站跟高中同窗張光男見面，沒想到在高速公路的車陣中耽誤了三十分鐘，九點三十五分才抵達臺北轉運站。

下車之後，前往臺北車站販賣區的摩斯漢堡店，看到光男臉上掛著笑容，用心地在櫃臺內接待每一位顧客。沒多久，他發現我來了，熱情地向我打招呼，久別相會，我的喜悅一如岸邊激起純白浪花的波濤。

不久，已接近動身前往演講會場的時間，我打手語跟他說：「我走了，再見！」他懂我的意思，跟我道別。

我祝福他工作順利，帶著歡愉的心情搭捷運前往師大。

演講

我在中午與晚上各做了一場演講，資源教室的張雅雯老師、鐘筱涵老師為我準備能將演講稿投影到布幕的設備，並由筆抄員為我記錄張素貞老師的開場介紹以及同學的提問。

一開始，張素貞老師介紹我和拙作，以及九月二十七號我在師大博愛樓的演講，提到我一個人從臺中搭客運上臺北，個性獨立開朗、樂觀進取，非常不簡單。

這次演講的對象是修教育學分課程的學弟妹，我用文字 MP3 軟體分享高一導師貼心的舉動、高中的融合教育及大學四年的求學階段。

我製作一張高中時期的班級座位圖，請雅雯老師幫忙口述。

◆ 受邀回母校臺灣師大演講（張素貞老師的開場介紹）

高中新生訓練的第一天，進入一年十一班時，同學看到我行動不便，讓我坐在第一排第一個座位。

過了一會兒，一位女老師走進教室，她就是導師高敏玲，也擔任我們的英文課老師。高老師一進來就注意到我行動不便，她說：「各位同學，我們班上有一位行動不便的同學，希望大家了解他的需要，多幫助他！」同學們的目光也向我集中，我才知道老師提到我，一顆懸著的心終於放了下來。

由於行動不便的關係，導師指派兩位同學陪我前往康樂館參加新生訓練。

吃午飯時，我想起每位同學的程度都是一級棒，相較之下，自己的程度比較落後，開始擔心自己是否能夠應付高中三年課程。由於聽力不便的關係，在學習方面帶來很多困擾，也開始在內心詢問自己是否適合就讀臺中一中？後來，導師在教室的門口發現我的心情比較低落，前來詢問我的狀況，我本來不想說，省得增加她的麻煩，可是她持續關心，我把擔憂的事情說出，她似乎了解我的心裡感受，在座位安排上幫我調到最適合的位置（第三排第二

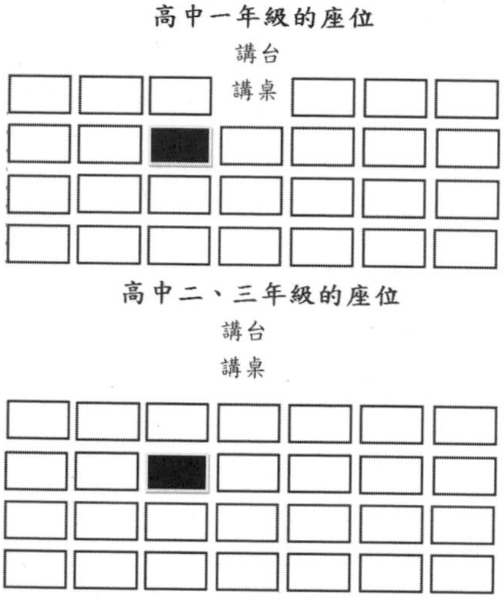

◆ 高中的座位

位），讓我能夠清楚地看到老師的板書，並提醒我若上課有不懂的地方，就請教周圍的同學。

導師貼心的關懷，讓我焦慮感頓時消失，充盈我全身的是一種安定、積極的能量。

有一次，我反覆思忖，如果我坐在第五排第二位，便看不到黑板左邊的字，也無法完整筆記上課內容，影響到學習的成效。每當想起高老師，就湧起無限的感激。

我希望未來成為普教老師的學弟妹能帶領一般學生用同理心、溫暖接納與包容開啟潛藏內心的善心與善念，親身領受為他人著想及行善的喜悅，以細膩的思維來面對人事物，學習接納多元社會的機會；身障生也能學會在普通班級跟大家融合並建立自信，讓彼此相得益彰！如同《融合其實很簡單》一書裡譯者呂翠華在翻譯序裡所說：「融合教育的目標並非要抹去存在特殊學生身上的差異性，而是要幫助所有學生建立在其教育社群的歸屬感，以確認和看重他們的個別性。」

演講完畢，張老師帶領學弟妹一起「舉臂晃動雙手」打手語「鼓掌」訊號，可是我不懂這個意思，只知道拍手鼓掌，經過張老師解釋，才了解鼓掌的手語有兩種不同的方式，分為「舉臂晃動雙手」（這樣肯定更加引起聽障者的視覺注意）和拍手鼓掌。

再來是學弟妹提問的部分，問：「學長，你是不是有臉書了？」「在無障礙設施的方面，你有沒有硬體設備不足之處」等等，我用紙筆回覆他們的問題，請筆抄員詳細地解釋。

演講後，這兩場的學弟妹各送一張感謝狀給我，我也謝謝學弟妹專注地聽我的演講分享，更要感謝張素貞老師的邀請以及資源教室的雅雯老師、筱涵老師和兩位筆抄員的幫忙。

拜訪老師、巧遇大學同窗並認識學弟

下午一點五十分，我先去系館拜訪杞昭安教授。他問我怎麼分享給教育學分班的學員聽，我回答：「是使用王華沛教授、陳璽翔同學介紹的電腦合成語音 MP3 軟體，可以協助朗誦演講稿的文字。」杞老師不禁感嘆華沛老師壯年早逝。此外，我們談及一些我念大學的往事，這些話題彷彿永遠都講不完。

與杞老師敘舊後，老師帶我去退休老師研究室探訪高齡八十一歲的林寶貴教授，林老師依舊活力十足，健康硬朗。林老師自退休以來，持續投入中華溝通障礙教育學會以及聽語障教育之教學與研究。林老師問我的近況，但我無法用口語回答，杞老師在旁幫我說明我今天進行兩場演講的事，她很高興，鼓勵我好好加油！

◆ 作者與杞昭安教授合影

接著，杞老師帶著許久未見的姜仲芃同學到資源教室來看我，我們天南地北地聊了起來，從拙作《陽光的微笑》，一直聊到我們的近況，有說有笑，聊個沒完。

跟仲芃道別後，突然有個人過來對我說：「我剛在旁邊看你跟同學的溝通，讓我看見你的肢體語言屬於野獸派風格，有屬於自己的美感！」我方知他是腦性麻痺的龔昭瑋學弟，正就讀母校國文所碩士班。在我們交談中，我看見昭瑋一筆一畫地寫下自己的想法，字跡非常工整，每一個字都非常漂亮、有力。

拜訪行程的最後一站，是我的班導陳美芳教授。老師詢問我最近的演講狀況，我回答：「前些時候，小學母校的校長邀請我演講，我只好靜候。」她面露笑容，對我說：「義宗，你很棒！我祝福你今晚演講順利！」

不久，美芳老師得去上課了。我跟她互道再見，便前往誠大樓準備第二場演講。

小姐，謝謝你的關心問候！

晚上演講結束後，我在學校側門看到蔡明孝同學介紹的計程車司機，就搭上計程車前往臺北車站。下了車，前往第三月臺 A 側的第四車位置等候八點三十五分的太魯閣號，趁著等車的空檔，稍微活動，紓解雙腳痠痛。

等待太魯閣號時，環顧四周的人事物，發現一旁的小姐正使用智慧型手機聆聽歌曲。列車進站，她起身準備上車，用溫柔的眼神轉向我，關心地問我怎麼不準備上車呢？

因為能讀懂她的唇語，我知道她在告訴我區間車來了，但無法透過口語好好向她說明我搭的是另一班車，於是我拿出車票給她看，她弄懂我的意思後，微笑地揮了揮手，跟我說再見，便轉身往第六車位置搭上這班區間車。

我在心裡默默跟這位小姐說：「小姐，我要謝謝妳的關心問候，讓我忘了雙腳很痠痛的滋味。」

車窗觀雨

我的座位靠走道，窗外一片漆黑。火車每停靠一個車站，我便看見月臺的燈照透緩緩從車窗滑落的雨滴，感覺它有一種獨特的節奏，也是自然界最美妙的事物。

我想像著，雨勢逐漸增強，雨滴如墜落的隕石，重重敲擊車身，彷彿在演繹一段酷炫十足的架子鼓音樂。車窗上，左邊一顆顆排列整齊的大水珠，好似心急如焚的母親等待著未歸的孩子，而右邊的小水珠們托著小尾巴，就像一隻小蝌蚪，正用十萬火急的速度滑向母親身邊，投入溫暖而安全的懷抱。

一些小水珠走得特別慢，雨都快停了，如果它游不到母親那兒就會消失，我握緊拳頭，給它加油打氣，它大概是走不動了吧！不過我還是很想推它一把，誰讓它體力跟不上呢？

車窗觀雨真是一種奇特的樂趣！

心不累

晚上十一點到達沙鹿車站時，雨停了。爸爸原本計畫騎車來接我，但正在我家陪伴奶奶的叔叔擔心下雨，我乘坐機車不便，他便開車載著爸爸，一起到車站接我回家。

回到家後，我們跟叔叔道謝。我先跟奶奶報平安，上樓後也傳一則報平安的 Line 訊息給陳美芳老師，她回：「義宗，你今天行程那麼趕，還不忘來看我、跟我報平安，也很高興你又完成了一次演講。」

雖然今天的行程很緊湊，但心不累。若有什麼疲累，那一刻，心裡只想著「值得了！」所有的辛苦剎那化為烏有，湧上心頭的是充實的成就感。

微笑天使特調秘方

一、微笑天使在普通班上課，因聽力損失，很難理解班上學習內容與步調。因此，當班上的學生恰巧也有微笑天使時，可以給予以下協助：

（一）請將微笑天使的座位安排於方便看到嘴形的地方，一般安排在教室的前排座位，讓他清楚地看見老師的板書，並提醒他若上課有不懂的地方，可以請教周圍的同學。

（二）安排小老師，隨時幫助微笑天使了解上課或作業的內容。

（三）可儘早提供學習授課綱要給微笑天使，包括教科書、參考資料、作業、上課方式等，讓他依照授課綱要，提早作準備。

（四）上課時，可適時加入手勢或肢體動作，以增進微笑天使對講課內容的理解；同時宜避免走動轉身或動作遮住嘴形，或背向光源，導致微笑天使看不清楚臉部表情，增加讀唇的困難。

（五）上課當中，請多向微笑天使投注關注眼神，試著探悉他是否專心與瞭解，如發現其表情茫然，可即時以板書或其他方式輔助解說。

（六）微笑天使在發表或回答問題時，若表達得不清楚，請給予適當的協助，以利全班同學瞭解其想法。

（七）對於學校廣播公布事項的內容，微笑天使其實是聽不見的，若學校有廣播時，建議重述一次或是將其寫在黑板上，或者請同學寫紙條告知，以保障微笑天使能夠確實了解廣播內容。

（八）當您在課堂中必須進行相對於微笑天使較為不便的教學活動時，他可能會因為無法融入，而有些情緒上的反應，若能安排同學協助一同活動，或許能提高他的學習效率；若考量其他同學的學習狀況而不便安排，建議可以考慮分派微笑天使其他與課程相關的任務，例如幫大家到圖書館借書或是上網查資料、整理文件、使用電腦列印文件等等，藉由這樣的方式，不但有助學習，也可緩和他無法融入活動時所引發的不安情緒。

（九）若有分組討論學習，微笑天使可能不易聽懂同學討論的內容，因此身為微笑天使的老師或同學，可以請同小組的夥伴盡可能先和微笑天使用他能懂的方式溝通，採取可能的輔助方法，再進行討論。

（十）當您向全班透露必考題、宣布重大規定、以及臨時變動的決定等等，建議盡可能寫在黑板上，或下課時、放學前單獨對微笑天使提醒一次，以免他自覺權益受損。

（十一）在課堂上，若您想分享一篇的文章給學生時，相信同學們都會積極參與討論，可是微笑天使卻聽不見，建議您先影印一份，上課時將文章發給他閱讀，可以讓他更加了解內容。

二、微笑天使是腦性麻痺患者，因書寫上的不便，課堂上所做的筆記，相對來說不夠完整。身為微笑天使的老師，可依他的學習情況，於課前、課堂上或課後提供課堂使用之Power Point投影片或相關輔助教材，便能協助他在學習上更為順利。

三、微笑天使在表達上口齒較不清晰，或無法言語。課堂口頭報告時，請視他的狀況容許以書面報告替代，或協調以電腦語音報讀等其他方式進行。

【演講日記7】面對困難，永不放棄

．地點：臺南市白河區白河國中
．時間：二〇一八年四月十一日

一月底，收到大學學弟陳永恩的臉書訊息：「義宗學長，我們想邀請你下學期來我現在任教的白河國中演講，請問是否願意？」讀了這封訊息，我心想，能夠分享一個身心障礙者的求學經歷，對於現代青年學子也是一件有意義的事，所以當下就答應了。

這次在白河國中的演講對象為該校國一學生，演講時間四十五分鐘。我先將投影片傳給輔導室主任，徐季瑤主任認為內容很豐富，尤其是國中求學那段經歷很能激勵同學們，讓學生獲得啟發。經過主任和國一老師溝通後，決定將時間延長二十分鐘，讓我有足夠時間呈現國中時期的心路歷程。

四月十一日，那是一個風和日麗的早晨，我乘坐爸爸的機車前往沙鹿火車站，一路上迎著和煦的陽光與溫暖的春風，心情十分舒暢。

班車準時到站，進入莒光號的第一車廂，這是專供身障者與行動不便者乘坐的車廂，偌大車廂裡只有一位乘客，對我來說，這樣比較方便我上下車。不過第一車廂距離月臺的出入口及電梯稍遠，我只好把走路當作運動——只要人潮不擁擠，走路對我也是必要的訓練。

坐在車上，我開始思索下午演講的事，想著想著，隨著車外的景物快速地往後退，往日的記憶也頓時浮上心頭，我想起小時候媽媽帶我搭火車的景象，雖然那時候年紀還小，但還記得媽媽每天大清早帶我去和美的彰化仁愛實驗學校上學。

當時我念的是幼稚部，專收身心障礙的幼兒（仁愛實校原來只收肢障生，這個班是比較特別的，不知道後來是否繼續招收），全班連我共有三人是重度腦麻生，我在那邊主要學的是肢體復健。我在車上也認識不少從大甲、清水、沙鹿到彰化上學的大姐姐，有彰化女中的，也有彰化高商的，她們對我很好，常親切地跟我逗笑，帶給我童年不少溫暖。

另外，小學時期的每次暑假，爸媽帶我們三兄弟搭火車去嘉義布袋的王彩鳳阿姨家。每次見面時，阿姨都會很高興地對我說：「義宗，好久不見！你長大了！」使我從心裡感到溫暖，然後像自己家人一樣很親切地招待我們。阿姨帶我們出去走走，印象最深的就是我忘記名稱的鹽場，曬鹽的鹽田環境是在完全沒有遮蔽的烈日下，一切都是那麼炙熱難耐，連空氣中也盡是鹹鹹的海風味。

我仔細地想著很多回憶，心底湧出了很多思念之情！啊！童年，人生最無憂無慮的階段，一部百讀不厭的日記，一本色彩斑斕的畫冊。歲月的童年是易逝的，心靈的童年卻是永恆的。

到達新營車站時，永恩已經在出口處等我，我跟他打過招呼，就坐上他的車子直往他服務的學校——白河國中。永恩也是腦性麻痺者，記得以前在師大時，每天走進宿舍大門，就可看到永恩的代步工具，一輛三輪摩托車，這是他平日往來宿舍與校區的代步工具。永恩小我一屆，雖然寢室就在隔壁，但平時各忙各的課業，彼此互動的機會並不多。

後來我在系刊讀到一篇專訪永恩的文章，內容談及永恩成長的過程，他說他最感謝的人就是陪著他不斷付出的母親。母親曾對他說：「永恩，我們無法一輩子陪在你身邊照顧你，有一天我們會老去，你終究要一個人面對現實生活，你若能一個人獨立、就業，一切的事情都能自己處理，那我們就可以放心。你不要認為你跟別人不同，就凡事依賴別人。跌倒了，只要銘記教訓，絕不犯同樣的錯誤，總要繼續前進。」他母親的愛心，給他許多自主空間，讓他擁有自己的想法，可以走自己想走的路。

踏進白河國中，車道兩側挺拔茂密的椰子樹和路樹映入眼簾，恍若印象中向上國中校園裡所種植的樹木，有的以枝葉繁茂、樹冠優美取勝，有的則以芳香迷人的花果贏得青睞，宛如一條自然生態廊道。永恩陪我一步步慢慢地走在校園，眼前花木扶疏，一片綠意襲來，真有說不出的舒暢。我心裡想著，能夠在這樣好的環境裡求學、服務，是一件多美好的事呀！

由於時間不多，永恩帶我直接到會場。一開始，由于淑英校長開場，她說：「各位同學，我今天看到陳講師坐在這邊，心裡很感動！我剛剛問陳講師怎麼來？他說自己坐火車從沙鹿來到這裡，我真的很佩服他，個性這麼獨立。我聽說陳講師也在其他地方演講，分享他的生命故事。事實上，我已事先看過他的文字稿，很受感動！在行動不便、表達有困難、聽力受限制的情況下，陳講師很積極地努力，挑戰自己，讓生命活得很精彩。今天我要特別感謝輔導室辦這樣的一場特教活動，這是一場很特別的演講，很少有這樣的機會，用這樣的方式做呈現。」（這段話是從永恩的紀錄得知）

◆ 受邀至白河國中演講，左立者為楊千慧組長

◆ 于淑英校長的開場介紹

于校長頒贈一張感謝狀給我，她說：「從同事的口中得知，陳講師是永恩老師的大學朋友，在此也一併感謝永恩老師，讓我們再次掌聲來歡迎陳講師來到白河國中。」我接過這紙精美的感謝狀，內心充滿了感激，用不清楚的口音向于校長說：「謝謝！」

于校長介紹拙作《陽光的微笑》，說：「這是陳講師的著作，每一個字都是他辛苦地打字出來的。我閱讀後，會把這本書放在圖書館，供大家借閱，希望同學們也能夠閱讀，學習他勤奮、自立、樂觀的精神。」

我步履維艱地站上講臺，微笑地向同學們揮手打招呼，然後吃力地以不連貫、也不清楚的口語向大家說：「大家好！」接著作簡單的自我介紹，然後進入演講主題：「面對困難，永不放棄。」

我用文字 MP3 軟體向同學們敘述自己面對困難與挫折時，一貫堅持努力的原則：「當面對未知的磨難和挫敗時，無論處境多麼艱難，都要有毅力面對每一次挑戰，鼓舞自己以積極進取的態度勇往直前。因為現實生活中的陰影終究會散去，心靈的煩憂也只是一時的，如果能夠懷抱著樂觀積極的心境，快樂的陽光必將在山谷的另一端出現，最後一定可以散發出璀璨的生命光輝。」

我站在臺上，一句句慢慢地敘述屬於我的小故事，從同學們認真、專注的眼神，能夠體會今天或許是他們頭一次面對一個多重障礙的身心障礙者，站在臺上跟他們講話的新奇經驗，我從小以來幾乎聽不到外界的聲音，也無法用言語精確地表達我的心情和想法，但是從小到大，包括從幼稚園到大學的求學歷程，我憑著家人的支持、師長的用心指導，還是走過來了，所以我又告訴他們，不管處在什麼樣的環境裡，都要時時激勵自己，克服心中的害怕，絕不輕言放棄。

我想這次個人的求學經歷分享，可能是同學們未曾有過的經驗吧，因為像我這樣的身障者，在表達方面或許會帶給他們聽覺上極大的壓力吧，跟同學們之前所聽過的無數次演講，感受會是大不相同。幸好這次演講有資料組長楊千慧老師的協助，她幫忙口述我的投影片、成長紀錄片的內容，例如：腦性麻痺的成因與治療、小學時在校園受到的異樣眼光、國中時期在啟聰班求學的情形。此外，我也製作了「普通班的同學如何跟身障生相處？怎麼幫助身障生？」的投影片，也是由楊組長幫忙口述給同學們聽。

永恩很細心，為了加強同學們聽講的印象，他還提出許多問題問同學，最後並補充自己的經歷，帶入特教理念，希望同學們今後在校內或校外幫助身障者時，可以提供他們適切的需要，而不是僅憑自己的主觀認知去對待。

我在這次演講的最後，有一段與同學共勉的話：

一、一個人面對外面的世界，需要的是窗子；一個人面對自我時，需要的是鏡子。

二、先了解失敗的原因，找出解決的方法，再將失敗的傷痕蛻變為成功的勳章。

三、微笑是一種態度，面對挑戰時，能讓自己保持自在。

今天的經驗分享，我發現同學們都很專心地看投影片、寫學習單，從他們的眼神，可以看出他們認真的態度，實在難得。我也非常感謝徐主任、楊組長跟永恩的邀請與協助，更要感謝于校長在公務繁忙之餘，仍然撥冗從頭到尾全程參與。我心裡想，有如此關心特教的校長和老師，白河國中的學生是幸福的。

微笑天使特調秘方

如果在日常生活中遇到無法用口語表達的人，請伸出友誼的手，跟他們做朋友，以下幾點可以做為彼此互動時的參考：

一、跟聽障者聊天時，請面對他們說話，讓他們能夠清楚地看到你的口形，或是用手語、筆談、手勢聊天。

二、由於聽障者聽不清楚外界的聲音，請你將說話速度放慢，不要因為他們聽不到而大聲吼叫，這樣互動效果反而更差；若是講話速度太快，他們可能沒有足夠的時間來理解。

三、若你聽不懂聽障者說的話，可以請他們再說一遍或用寫的。

四、每一個聽障者的語言及書寫能力不同，筆談時用字遣詞以簡單明瞭為主，聽障者若看不懂，建議再作補充說明、換句話說或擴充語句。

【演講日記8】

快樂的陽光必在山谷的另一端

——．地點：臺中市霧峰區萬豐國小
——．二〇一八年九月十九日

在一個風和日麗的午後，二哥開車載我跟父親去臺中市霧峰區萬豐國小。到達後，二哥先行離開，我和父親相偕前往輔導室，潘子欣主任早在那兒等候我們。

潘主任帶我到演講會場，她為我準備兩組桌上型電腦，一組是播放文字 MP3 語音軟體，另一組是播放投影片。由於聽力不便，我同時要看著畫面上同步標示的字幕，並同步切換每一張投影片，才能完整表達所要傳遞的內容。

座談會首先由潘主任開場，她說：「各位同學，陳義宗老師是一位多重障礙者，身有腦性麻痺、聽語障，但是他從來沒有因為自己的障礙而怨天尤人，他憑藉著堅強的意志力、永不放棄的毅力，克服了生理上的缺陷，不僅考取臺中一中、臺灣師範大學特教系。去年一月，陳老師出版《陽光的微笑》一書，描述求學時代的經歷與生活種種，用以激勵面臨人生低谷的人。希望同學們能安靜、用心地聽講，現在讓我們用熱烈的掌聲歡迎陳老師！」

這次演講的對象是全校師生，我用文字 MP3 軟體自我介紹，藉由個人的成長故事引導同學思考，與同學們互勉：只要能以樂觀的心情，鼓舞自己以進取態度勇往直前，抱著「生活的陰影只是

◆ 受邀至萬豐國小演講

一時的，快樂的陽光必將在山谷的另一端出現」，那麼絕對看得到璀璨的生命花朵。

分享結束前，林再山校長跟潘主任共同回饋：「各位同學，陳老師的成長過程中，身邊一定有很多貴人，可能是好同學、好老師等等；最難能可貴的是，他有一對愛他的父母，有父母的愛才能塑造出能一直樂觀堅持自己夢想的他！我們希望你們從中可以體會，每個人都有不完美或缺陷之處，也不斷在和自己的不足奮鬥，但只要通過努力、謙卑和奉獻精神向目標邁進，仍然可以擁有美好時刻。」

回家後，父親感覺我的演講稿內容不夠清楚，缺乏說服力和影響力，他建議我擬定演講稿時，首先要寫身障者的特質及其遭遇之困難，讓聽者對多重障礙者的處境有所認識，然後分享自己的成長故事，將它們結合，有了真摯的感情，才能打動人心、感染聽眾。此外，演講稿的「口語」，是經過淬鍊的語言，要邏輯嚴密，語句通順。我感謝父親提供這些建議，日後擬定講稿會注意這些細節。

演講後的第三天，我收到潘主任的 E-mail 感謝信，內容寫著：「陳老師，感謝您給我們上了特別的一課，大家都有滿滿的收穫，老師們也更明瞭未來如何協助身障生。當天，我特別邀請一位身障生的家長共同聽講，她也寫了許多感動與回饋給我。」讀完這封信件，內心著實感動！潘主任很用心地計畫「生命鬥士」巡迴演講事宜，替身障生的家長著想，邀請家長來分享我的成長故事，使這場演講別具意義。

今天的經驗分享，同學們都很專心地聆聽我的成長故事，他們的眼神透露出認真的態度，讓身為演講者的我倍感欣慰。我也感謝林校長、老師們用心參與這場演講，更要感謝潘主任的邀請與協助。

每一次演講都是我成長的契機，希望以自己的經歷分享之際，也能從聽眾和主辦人身上學習到更多，這些收穫都將成為我未來演講的養分，繼續滋養莘莘學子和需要幫助的人們。

【演講日記9】

人生可以簡單或艱難，端看你如何選擇

．地點：臺中市和平區博愛國小、谷關分校
．時間：二〇一八年九月、十一月

前些日子，大哥和二哥先後開車帶我跟父親去臺中市和平區博愛國小、谷關分校演講。兩次行程大約都在清晨六點半出發，博愛國小的松鶴校區位於德芙蘭（註）部落，地鄰大甲溪，途中從車窗向外望去，四周高山環抱，山上雲煙繚繞，變化多端；谷關校區則坐落在谷關溫泉風景區，從教室望向窗外，盡是蓊鬱翠林，幾縷溫泉輕煙裊裊升起，能在這優美的環境中沐浴在老師的春風化雨裡，真是童年的一大享受。

進入會場，我將 PPT 檔案安裝到電腦中，並下載文字 MP3 語音軟體。

演講之前，首先由古金益校長、高美惠主任共同主持開場介紹：

◆ 受邀至博愛國小演講

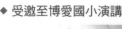

「在我們的人生當中，有很多事情是可以自己選擇的，但也有很多是自己無法去選擇的。比如說：你出生的家庭是無法去選擇的，但是未來的路怎麼走，則是可以自己選擇。天生的疾病，是你無法逃避的，但如何去樂觀的面對你的人生道路，卻可以自己決定！」

「陳義宗老師是一位多重障礙腦性麻痺伴隨聽覺障礙人士，憑藉苦學，考取臺中一中、臺灣師範大學特教系，也寫了一本著作《陽光的微笑》，振奮人心，引導人們正向思維。」

「今天我們希望藉由陳老師的成長經驗，帶給全校師生一個鼓勵。我們的人生可以很簡單，也可以很艱難，就看你如何做選擇！」

「我們很開心歡迎陳老師來博愛國小分享他的成長經歷，那是經由解決多少困難的成長到現在。」

這次演講的對象是全校師生，簡單的自我介紹後，進入演講主題：「我的成長故事」，我向小朋友講述在社會上，我們見過周遭的人，有人無法用正確的語音跟人說話、溝通，因為他的語言功能發生了障礙；有人聽不見外界的一切聲音，因為他的聽覺神經受損了；也有人行動不方便，因為他的肢體受損或者協調有問題。這些人都屬於「身心障礙者」，有些人障礙的程度輕微，有些人障礙的程度比較嚴重。比起一般正常人，身心障礙者在工作、求學或者生活各方面，都有某種程度的不便。而我呢？我是一名重度的多重障礙者。

我使用文字 MP3 軟體分享求學經歷，同學們都集中精神、認真地聽講，分享過程中由總務處的詹明哲主任、谷關分校的老師幫我操作投影片，真是很感謝他們兩位的幫忙。

分享後，古校長請父親向同學做簡短分享。父親盛讚古校長對偏鄉教育的用心，他所帶領的博愛團隊以藝術與人文並進的策略，創造學童在這方面的優異成績，成功塑造偏鄉小學的新風貌，令父親印象深刻。

父親也向同學說明我自小到大的身心發展，以及目前在生活自理方面的情形，例如吃飯、盛湯、飲水、走路、洗澡、念書、寫字……都碰到種種的困難。父親也說他今天能夠到博愛國小、谷關分校來，是一次嶄新的體驗，特別向古校長和高主任致謝。

古校長再向同學做了一個總結，勉勵他們珍惜自己擁有的健全身心，克服困難，締造學習的好成績。

除此以外，古校長很細心，知道我聽不到外界的聲音，請同學將說話速度放慢，對我說：「陳老師，謝謝您！」

回家途中，我思索著今天演講的事，隨著車外的景物快速地往後退，想起古校長、高主任的開場介紹詞，雖然山區教育資源較為匱乏，但藉由自己的成長經驗，鼓勵同學們繼續培養自己的特殊專長和能力，並且持之以恆，努力使自己成為這一領域裡最出色的人，如同詩仙李白說：「天生我材必有用。」我相信在古校長和老師們的用心經營下，同學們在未來的學習路上，一定能有不同於別人的學習成就，展現自信的自我。

註 松鶴部落的泰雅語名稱為德芙蘭「Tbulan」，在泰雅語中的意義是水源豐沛、土壤肥沃，適合人類居住的地方。

【演講日記10】

不因挫折而灰心，不因打擊而動搖

・地點：臺中市梧棲區梧南國小
・時間：二〇一八年十月四日

八月底，收到一份臺中市梧棲區梧南國小的演講邀約，這是父親以前服務的學校，真是令人興奮！我決定應邀前往。

演講前，我先與學輔處的陳佳琳組長通信協調演講事宜，她了解我的特殊需求，還特別延請其他老師幫忙用電腦即時打出演講對話的內容。此外，我設計一個猜字卡的互動遊戲，陳組長也主動協助製作三張手寫大字報，省去我當天攜帶道具的麻煩。

約定的日子到來，林育婕主任開車來家中，接我前往梧南國小。

途中，我想起高三時，某次假日，父親帶我去梧南路的舊校區讀書、寫字。踏入校門，穿過長廊後，兒童們在操場鮮紅的PU跑道上跳躍的身影映入眼簾，他們是一群參加假日活動營的小朋友，那幅東奔西跑的景象，讓我懷念。

到達位於文化路一段的新校區時，發現校園以海洋生態的意象為建築發想，代表著「包容、凝聚、團結」，並給予學生「溫馨、關懷、安心」的細心照護。

下了車，感覺風勢強勁，走路有點不平衡，林主任牽扶著我前往二樓。進入演講會場，陳組長幫我將檔案安裝到電腦中，並由熊唯澤組長記錄林主任講話和同學提問的內容。

當我在領據上簽名時，有一個人笑著走到我面前說：「義宗，好久不見！記得我嗎？」我的心裡很激動，但無法清楚地表達，只能在紙上寫：「淑真阿姨，我還記得父親以前帶我去你家送資料給您。」她讀著我的紙條，說：「義宗，很高興你還記得我！」

這次演講的對象是全校同學，第一個活動是讓同學猜我說的字詞，如：生病、走路、吃飯等，若同學猜錯，我打手語比動作，一直到他們猜對為止。這是我第一次在演講中加入與聽者互動的活動，目的是引導同學了解我平常溝通、生活的不便，並思考能提供什麼協助。

林主任引導同學思索我設計這個活動的原因，其實是緣於我出生時罹患腦性麻痺、聽語障，導致講話困難，讓我在日常生活中很辛苦，希望同學不要嘲笑身心障礙者，並細心地觀察周遭的人事物，懂得惜福，珍視自己眼前所擁有的一切。

接著，我分享成長故事和紀錄片，結尾時，我與同學們互勉：只要抱定樂觀奮鬥的精神，不因挫折而灰心，不因打擊而動搖，努力地鍛鍊自己，並勇敢地接受挑戰，終將戰勝環境，走向光明坦蕩的大道。

林主任向同學們說明我高中時在普通班的學習狀況，由於聽力不佳，上課時必須目不轉睛地看著老師的嘴形及板書，卻仍無法了解老師所講的內容。後來，我得自己研讀一份爸爸為我訂閱的升學輔導刊物《大同資訊》，每天晚上預習，並將裡面的重點記錄在課本上，一直讀到半夜為止。

林主任問同學對我的生命故事有何感想？四位同學共同發表心得：

「義宗先生小時候，父母全心全意帶他尋找就醫資源，永不放棄，讓他做復健、游泳治療，堅持七年！」

「義宗先生參加高中畢旅時，把爬山當運動，途中跌倒，有人背他。最後一天返回臺中的途中，他思索著這三天的畢業旅行，很感謝老師和同學給他的幫助和支持。」

最後，我搭配林主任的筆談，回覆同學提出的問題。如下：

一、在成長紀錄片中，您為什麼跟老師一起拍照？

答：在我求學時期，很多老師給我教導、關愛以及照顧，讓我成長許多，我很感激這些老師。

二、您每天都如何去上學？

答：讀大學以前，由母親每天一大早辛苦開車接送我；大學時，為了減輕家人負擔，我獨自到臺北讀書與生活，我被安排在專為行動不便者設計的寢室，與同是身障的其他三位學長、同學同住一間寢室，他們都很照顧我。

三、您除了讀老師的唇語以外，有沒有使用其他的輔助工具？

答：高中上課時，我上課時必須目不轉睛地看著老師的嘴形及板書，但仍然無法了解老師所講的每一句話，也無法完整地快速抄筆記。大學時，學校資源教室安排的筆抄員坐在我旁邊，將老師講解、同學的報告等內容轉換為電腦文字，使我了解課堂上的內容。

四、如果您碰到困難的事，心理上如何克服？

答：學業、工作上的負擔常常讓自己喘不過氣，我必須學會管理自己的情緒，凡事往好處想，培養正向思考的能力，才能快樂過一生，擁有健康的心態。

提問的同學都很有同理心，他們從我的成長經歷得知我上課時聽不到老師的話，提問使用什麼「輔具」，令我既驚訝又激動！我想，這些同學將來必會關懷身心障礙者，給予他們適切的協助，讓他們感到幸福。

演講結束，我跟師生們合拍了笑容滿面的大合照；林主任送了一份禮物給我，包括校刊、梧南國小第五十週年紀念特刊等等，我向她表達感謝。不久，林主任送我回家，我跟她說：「林主任，您辛苦了，謝謝您！」

今天的經驗分享，我發現同學們都很專心地看投影片與成長紀錄片，從他們的眼神，可以看出他們認真的態度。此外，林主任向同學們解說我在生活與學習方面的諸多不便，讓同學們對身障者有更深入的了解。陳組長深刻了解我身體的不便，提供許多細心的協助，這都讓我打從心底感謝他們。

微笑天使特調秘方

微笑天使因為腦性麻痺，伴隨不同程度的語言問題，造成言語表達的障礙。若微笑天使是您的學生，相信您一定能發揮愛心，耐心地傾聽他的心聲，並著重加強他的心理建設，鼓勵他別擔心他人取笑而不肯開口，同時也記得鼓勵班上同學多跟他談話，創造出友善交流的環境。

◆ 受邀至梧南國小演講，作者右前方為林育婕主任

【演講日記11】
我用微笑迎接挑戰

．地點：臺中市太平區中華國小
．時間：二〇一八年十月五日

十月五號早上十點半，爸爸騎車載我到沙鹿火車站，我示意爸爸不必陪我上月臺，獨自走到第一月臺等待區間車。

班次準時到站，我進入第五車廂，找到座位坐下，心情逐漸放鬆，轉頭望向窗外的風景。到達臺中車站，國中、高中時期的馬加生學長在出口處等待我，打過招呼後，一起搭計程車前往中華國小。

進入演講會場，輔導組長劉彥均老師幫我將檔案安裝到電腦中，並由臺中市聲暉協會的聽打員林帝妏小姐為我記錄老師的開場介紹、同學提問的內容。

演講之前，首先由輔導室陳敏萍主任開場，介紹拙作《陽光的微笑》，說：「各位同學，今天我們邀請陳義宗老師來校演講，他說話不便，會使用文字 MP3 軟體分享學習歷程，希望同學們認真地聽講、仔細地感受。讓我們用熱烈的掌聲歡迎陳老師。」

簡單的自我介紹後，進入演講主題：「我用微笑迎接挑戰」，講述在人生旅途上陷入任何逆境，我都以微笑和正向思考迎接任何的挑戰，用豁然開朗的心胸看待事物，不被挫折與困難所擊倒，讓自己有勇氣去解決問題、用意志熬過難關。

接著，我分享我的成長故事，敘述在克服困難的過程中鍛鍊成長，不畏艱險，讓自己變得更堅強。

我在這次演講的最後，有一段與同學共勉的話：

一、人生的舞臺充滿歡樂，也布滿許多挑戰，今朝風和日麗，明天可能就是風風雨雨。求學路上亦然，只要堅持初衷，向著目標邁進，風雨過後，一定可以見到天邊的彩虹。

二、用認真的態度追求學問，用樂觀的心情面對挫折。

休息時，陳主任跟我和聽打員聊

◆ 受邀至中華國小演講

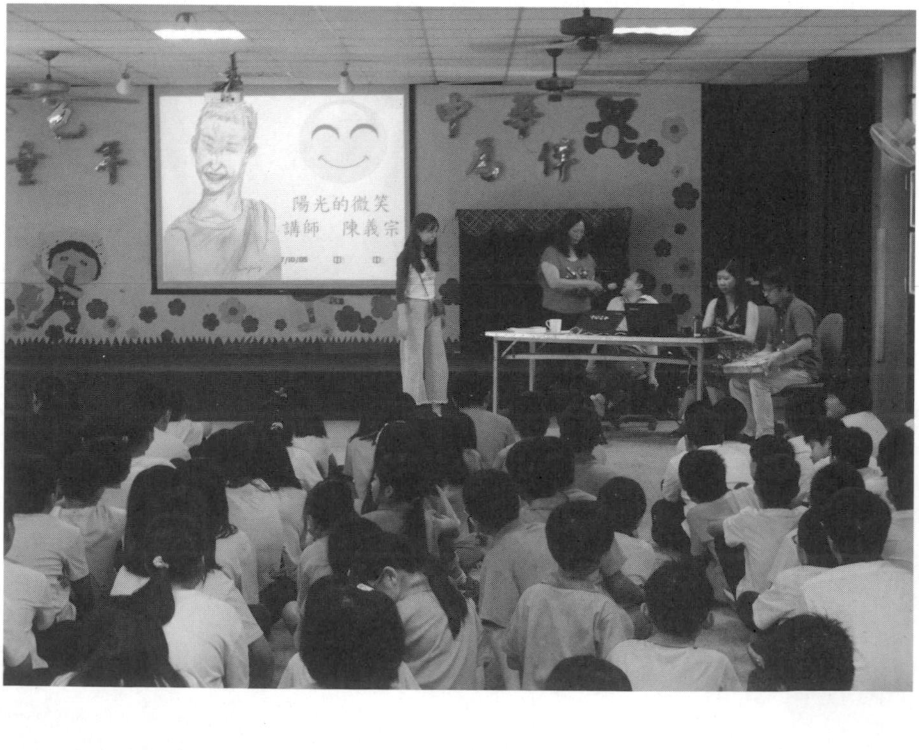

天，她說我從小聽不到聲音，但從投影片內容看出我的國文程度真的很好，使她感到不可思議！我回覆陳主任說，這篇成長經歷中的幼兒階段是向爸媽請教而來的資料。我也告訴陳主任，由於聽不到別人的話，但可透過閱讀與反覆練習並與學長切磋、討論來提升寫作能力。

陳主任向同學們補充說明，我們在求學時期最重要的人就是班導和同學，要記得好好感謝他們的幫助。我也向同學們說，我在成長過程中遇到很多幫助我的老師，也很感謝老師；另外，從求學時期至今，也有很多幫助我的同學，像今天的加生學長就是不辭辛勞地陪伴我。

接下來的活動是猜字卡遊戲，我說：「立可白」、「數學」、「棒球」，如果同學答錯，陳主任會再提示，一直到他們猜對；最後一個是「西瓜」，第一位男同學答對了，真是令我興奮！

陳主任引導同學思考我策畫猜字卡遊戲的活動原因：

一、在我的小學時期，同學取笑我走路、說話，使我心裡很難過，但我選擇忍耐，不讓父母煩惱。每個人都有優點和缺點，不要因為別人的缺點去取笑他們，如果你欺負別人，他們當然會傷心難過，難以忍受。

二、建議同學們，如果被霸凌，要勇敢到輔導室尋求協助，也可以找父母、老師傾訴，不要把委屈留在心裡，希望同學們能快快樂樂地成長。

最後，我搭配聽打員的筆談，回覆同學提出的問題。如下：

一、你每天上學、跟家人去玩的時候都帶著紙筆嗎？

答：是！今天搭火車前，我說話不清楚，寫小紙條給售票員看，才能順利取票。

二、你靠手語跟別人溝通，對嗎？

答：平常以口語、筆談為主，若遇到打手語的人，我會用手語跟他溝通。

三、有沒有在克服困難的時候有想不開、不想活了的念頭？

答：沒有！人生難免遭逢低潮，不論什麼樣的困境，最重要的是堅持到底，力求突破，不可有消極念頭，如同聖嚴法師的一句名言：「面對它、接受它、處理它、放下它。」

四、陳主任問什麼是「聽打員」？

答：因為聽障者聽不到聲音，無法接收外界的訊息，所以「聲暉協會」（作者按：這是專為聽障者服務的公益組織，各縣市有分會）的聽打員可以協助將所聽到的訊息，透過鍵盤打字，呈現在電腦畫面或外接螢幕上，使聽障者了解內容。

演講後的隔天，我收到一封陳主任的來信，她提到：「陳老師，我方便跟你索取昨天演講的文字檔嗎？我們學校每學期有《親子橋》期刊，我想把您的努力過程刊登在上面，讓全校親師生學習您正向積極的精神。」我當下就答應了，也謝謝陳主任。

當天的經驗分享，每一位同學都鴉雀無聲地聽我的成長故事，我鼓勵他們對自己充滿信心，更要相信「天生我材必有用」，努力開創一片屬於自己的天空。

這場現場提問是陳主任的特意安排，並幫忙口述補充的內容，讓同學們有更深入的了解。我由衷地感謝她。

【演講日記12】

逆境之中永不放棄

・地點：臺中市西區大同國小
・時間：二〇一八年十月八日

十月八日早上十一點，爸爸騎車載我到沙鹿火車站，我獨自前往月臺，搭乘區間車前往臺中車站。

到達臺中車站，我在出口處等待輔導組長孟範雲老師。過了一、兩分鐘，我看見一位身穿白衣的小姐手拿「陳義宗」的大字報面對我，確定是孟組長，便向她打招呼，她跟我說：「很抱歉，讓您在太陽下站那麼久。」我回答：「沒關係！我一直都是這樣，流汗很多，您不必在意！」簡單寒暄後，孟組長領我前行，因為行進路線有「禁止通行」的路障，她特地將路障移到一旁，方便我走路，之後兩人坐上謝俊宏主任駕駛的車前往大同國小。

途中，我想起前幾次與孟組長通信時，曾敘述自己的特殊需求以及如何演講，她了解我的感受，顧慮我難以聽到別人說話的聲音，便如此用心地製作大字報，用電腦打印我的名字，貼心的舉動令我感動！

進入宣講會場，謝俊宏主任、孟組長幫我將檔案安裝到電腦中，並由臺中市聲暉協會的林帝彣聽打員為我記錄謝主任的開場介紹以及同學的提問。

我進行兩場演講，對象分別是五、六年級的同學。一開始，謝主任介紹拙作《陽光的微笑》，說：「這是陳義宗先生的著作，他身有腦性麻痺、聽語障，成長過程經歷許多辛苦與挑戰，但他考上臺中一中、臺灣師大，達成自己的目標，並學習面對困難，在逆境之中仍勇往直前，不放棄、不退縮。希望各位同學用心去了解和感受。」

演說中第一個活動是讓同學猜我說的語詞，如：中秋節、下雨、雙十節、棒球等，最困難的字詞是雙十節，許多同學受限於聽不懂發音，也聽不清楚說話的內容，讓他們猜得很辛苦。接著，我分享自己主演的勵志影片《向他看齊》之三個片段，如：練習走路、讀書、寫字等等，然後用文字MP3軟體分享成長故事，使同學認識腦性麻痺的症狀，感受我生活的不便，也知道其他同學為我提供了什麼協助。

分享後，我搭配與謝主任筆談，回覆同學提出的問題。同學的問題如下：

一、可以分享畢業後的工作經驗嗎？（六年級同學）

答：大學畢業後，我並沒去上班，在家自修

◆ 受邀至大同國小演講

準備國家考試，然而每年總有一兩科考差了，年復一年地名落孫山，所以現在已經放棄國家考試，改變自己想要走的路。由於行動上有諸多不便，假如可以的話，我希望以我的例子，分享自身的成長經歷給身障朋友，鼓勵他們不管遇到任何挫折，都要有勇氣面對生活上的種種考驗。

二、在你的人生，最低潮的是什麼？（五年級同學）

答：小學五年級下學期時，因在課堂上有不愉快的感受，使我內心深感挫折，此後每當考試成績不理想時，不自覺地懷疑起自己「是不是我的能力太差了」，面對這椎心刺骨、無法停止的傷痛，我選擇了沉默，憑著一股不認輸的決心，國三準備升學考試時，我放棄已錄取推甄的學校，選擇報名高中聯考，最後以特殊加分方式錄取臺中一中。

三、在你的求學時期，有好朋友嗎？（五年級同學）

答：在向上國中的三年，我是啟聰班裡唯一的重度多重障礙者，同學都對我如兄如弟。班上每個人都各有分配的工作，我的任務是負責課後擦黑板，午餐時，陳加泓同學會主動替我拿便當盒，幫我盛飯、打菜，讓我結束工作後能夠從容地吃飯，他的熱心一直持續到國三畢業為止。我們很聊得來，畢業至今都有聯絡，他也常找舊日同學一起帶我出去走走。

四、在你的求學階段，最開心的是什麼？（五年級同學）

答：高三畢業旅行前，我擔心增加同學的麻煩，一直在考慮是否參加，有一位同學看出我的疑慮，跟我說：「義宗，我們願意幫你，你不必擔憂。」我這才決定參加畢旅。各位同學，如果你們遇到身障人士，請適時伸出友誼的手，扮演他們的天使，關懷並協助他們，成為他們的貴人。

下午三點二十分演講結束後，謝主任、孟組長開車載我去仁愛醫院站搭乘三〇〇路公車。我擔心上車時走不穩，所以一步步、慢慢地上車，還好後面的人都沒催趕我。公車行駛的時候，車體不會大力搖晃，司機先生駕駛很小心，沒有急剎車或違規的狀況，不管是坐著還是站著都像搭電梯一樣，感覺很平穩，讓我很有安全感。

我想起演講前一天，父親擔心我沒有自己搭臺中公車的經驗，考量上下車的安全問題，堅持要接送我往返，經過多次溝通，父親願意退一步，讓我自己搭公車回家。我在弘光科大站下了車，爸爸早在那邊等候，我吃力地跨上機車後座，緊緊抱住他的腰，我們就一路回家了。

感激謝主任、孟組長提供我分享成長故事的機會，每一次分享，都使我心中的藍圖愈顯清晰，路也走得更加堅定！

微笑天使特調秘方

微笑天使是腦性麻痺、重度聽障，若參加三天兩夜畢業旅行，會擔心外宿生活的限制，增加同學的麻煩。假設你的同學有微笑天使，在畢業旅行時可以進行哪些協助呢？

一、對微笑天使而言，旅行時的三餐飲食相當不便，因為可能無法自行添飯、挾菜，所以在用餐時可以適時給予協助。

二、因微笑天使行動不便，遇到爬山行走時的困難，你可以協助攙扶他上、下山，確保前進時安全。

三、搭乘大眾交通工具時，可以適時發送車上實時現況的訊息給他，讓他不致有茫然不知所措之感。

【演講日記13】

體會他人的愛心及同理心

．地點：臺中市沙鹿區文光國小
．時間：二〇一八年十月十六日

十月十六日中午，父親知道我要前往沙鹿區文光國小演講，詢問我學校的處室主任是誰，我回答：「陳文蕙主任」，父親聽到後露出笑容，說他們曾經在沙鹿國小共事，我內心覺得這世界還真奇妙！不久，陳主任的車子已到，她跟父親寒暄後，載我前往文光國小。

進入會場時，臺中市聲暉協會的黃興霖聽打員已到達了，他向主任、組長解說演講進行方式，設備如何安裝等等很多細節。另外，黃先生協助將打字畫面顯示在投影幕上，讓校內聽障生能看到聽打的字幕逐字稿。

這次演講的對象是四年級同學，我先用文字MP3軟體自我介紹，然後分享成長故事，如：腦性麻痺帶給我的學習困擾、父母帶我尋找就醫資源、媽媽帶我去醫院復健、小學時遭受許多挫折、學習英文的經驗、國中的升學考試等等，我也感恩一路走來陪伴我走過的家人、師長和同學們。

分享後，進行讓同學猜字詞的活動，我分別說了：「冰箱」、「喇叭」、「玉米」、「游泳」幾個語詞，同學們一次就猜出答案，令我非常高興！前三次在其他學校的活動均以失敗收場，後來在演講前，我在鏡子面前進行多次的說話訓練，這次能讓同學聽得懂我說的語詞，我的用心沒有白費。

活動結束，我搭配陳主任的筆談，回覆同學提出的問題。同學提出了不少問題：

一、你幾歲才會走路？

二、父母會一直把你當成身障小孩，在身邊陪伴嗎？

三、你會自己穿衣服嗎？

四、什麼時候學會自己洗澡？

五、爬山有沒有困難？

六、你會自己吃飯嗎？

七、什麼時候學會說話？

這些問題中，我先回答第三題：「會！在讀大學前，我無法自行穿有鈕扣的衣物，大學一年級時自己學習扣鈕扣，過了一段時間才學會。」

陳主任跟同學說明，在我拿筆寫字的過程中，我的四肢及臉部會出現不自主的僵直現象，無法控制自己的動作，也無法維持一個固定的姿勢，且常出現特異的表情，很容易造成他人的誤會。陳主任希望每一個小朋友能在生活中懂得關

◆ 受邀至文光國小演講

懷需要幫助的人，提供貼心的服務。

演講結束，陳主任送我回家，我跟她說：「陳主任，您辛苦了，謝謝您！」

隔天收到一封陳主任的道謝信，讓我倍感溫暖：

「義宗，很開心你能來跟孩子做分享。我從臺中市國小輔導室的群組看到一位輔導主任提及他們舉辦的『生命鬥士講座』，才決定跟您邀約這場演講。」

「當天去載你時，看見你的父親，才瞬間連結到你是他的公子。你的父親是我非常敬重的教育前輩，他跟我分享很多教育的想法，無形間我也學習到一個好老師應具備的條件與特質，加上我先生就是從你父親手上接下他第一任校長的職位，說來我們的淵源還算深厚。」

「我從認識你的父親，就知道許多你成長的過程和努力求學的經歷，但當天接送你，我心中還是十分激動，也知道在這場演講中，孩子們從你的身上學到很多面對困難的勇氣和方法，他們勇於發言、提問，反應很好，也在學習單上有許多回饋。」

我收到陳主任寄來同學們的學習單，仔細閱讀他們用心寫下的感想，心裡的喜悅湧上心頭。同學們的回饋如下：

何同學：陳老師，您有能力自己來到文光國小演說自己的成長歷程以及求學經歷，獲得我的敬佩，在此祝福您平平安安！我相信您一定會找到自己想做的事。

王同學：陳老師，雖然你的行動不便，但幼稚園的時候就會游泳（作者按：我還不會游泳，小時候是爸媽扶著身子在水中游，我那時只學會在水中閉氣），令我十分敬佩，在此祝福您平平安安！

蕭同學：陳老師，雖然你的身上有很多的殘缺，但是您並不放棄，反而把自己從小到大的事情一一寫下來，寫成一本書，真不容易呀！在此祝福您心想事成、長命百歲！

感恩陳主任的用心安排和設計，今天的經驗分享，她用實例和故事向同學說明我的身心狀況，引導他們在過程中感悟人生，體會他人付出的愛心以及自己所應有的同理心，實現知、情、意、行的和諧發展，都使這次活動更加圓滿。

微笑天使特調秘方

微笑天使是腦性痲痺者，因為肢體動作較特異以及語言表述不清晰等限制，引發其在學習、工作及生活上的挫敗感，加上有時候不被同儕理解、接納，長期下來可能導致缺乏自信心，進而產生退縮甚或過度的自我防衛心理。微笑天使跟你我一樣，也非常渴望別人的陪伴，所以我們在日常生活中，不妨多給予一點關愛的眼神。

假如微笑天使是你的朋友，與他相處時可以這樣做：

一、微笑天使的智力與能力和一般人無異，所以請勿以偏概全懷疑其智力，或以對待小孩的方式與他說話。

二、以真誠、接受的態度和微笑天使接觸，以同理心肯定他的潛能，不要因身心的缺陷而否定他的能力，這在有意無意間可能把他推到一個絕望的角落。

三、平常與微笑天使互動時，不妨保持一顆平常心與他交談、互動或一起工作，每個人都需要被尊重，他也一樣，與其同情或輕視他們，不如盡力協助他們，這可讓彼此的距離更加接近。

四、對語言表達較不清晰順暢的微笑天使，耐心引導，讓他說出心裡想說的話，並適時地對於他表達的進步給予讚美，多以鼓勵的方式相處，提升他學習的動力。

【演講日記14】

演講的省思與策略

二〇一七至二〇一八年，我在各校演講時，由於無法用口語表達，所以都是使用文字MP3軟體分享自己的成長故事，我發現大約四、五十分鐘後，有些同學就會出現注意力分散、精神不集中的情況，這其中的因素，可能是我使用電腦播放，無法展現個人語調的抑揚頓挫，當然也沒有個人的表情，有時內容提及許多他們不認識的人名，也讓同學們無法產生連結或同理的想法。

我對這些問題思索再三，設想該怎麼來做調整才好。有一回，我收到大學同窗陳美華老師提供的一些建議後，我思考未來演講的方式，也規畫往後演講的策略。如下：

一、我可以調整演講內容的時間，使用文字MP3軟體播放時間控制在四十分鐘以內，另外，螢幕畫面可以穿插一些多媒體資料做輔助，以引起視聽上的興趣。

其次，我也可以拍些生活影片，這方面，員林家商的特教老師、大同國小輔導室的謝俊宏主任、孟範雲組長等人都給了我相同的建議，中華國小、文光國小的同學們也提問我何時學會洗澡、換穿衣物、外出時是否帶紙筆與人溝通等等，很好奇我如何解決生活上的困難，以及使用何種輔具等，這些問題也給我一些想法，我決定拍攝生活的影片，如：吃飯、寫字、看書、出門、與人溝通、使用電腦（打字）、購物等等。

二、在演講前，我也可以準備幾張字卡，如：吃飯、洗澡、冰箱、喇叭、玉米、中秋節等等；演講時，我將字卡的詞彙重複講兩次，並給予提示，讓同學猜猜我表達的內容是什麼（這是測試我的口語表達精準度），若第一位猜錯，就換下一位，直到答對。當然也可以找一名現場同學上臺抽卡片，由我用口語表達再讓學生猜，如果他們猜不到，我再以肢體動作來輔助……，這不但可以增加活潑性，也讓他們更能切身體會身障者在日常生活中所遭遇的種種困難和不便，增進一般人對於身心障礙者一份關懷的心理，更或者可以進一步讓聽講者反思「身心健全的我是多麼幸福」的想法。

三、我想到嘗試做手語教學的問題，我在文光國小演講時，曾經教同學們學手語，例如：謝謝你、請幫助我、對不起、你說什麼、我愛你、請問你找誰等等，從基本的單詞開始教起，再慢慢地增加短語、長句，彼此用手語對話，發現小朋友們都非常感興趣。

在回歸主流的特教趨勢下，特教生在普通班級混合上課的情形很普遍，為了增進聽障生在普通班的學習狀況和人際關係，不管是上課聽講，或是與同學溝通，老師和一般學生如能熟悉基本的手語溝通並搭配肢體語言，雙方的溝通就會順暢許多，聽障生在課堂學習和日常生活上便能獲得更好的效益。

我希望一般生與聽障生可以嘗試透過手語互動，藉此體會他們遇到的困難，進而產生同理心。

四、提供與聽障者溝通的建議：聽力損失是一種隱形障礙，無法從一個人的外表看出來。每一個聽障者的聽損程度不同，導致配戴助聽輔具後的聽能也會不同，有些人沒有太嚴重的聽力障礙，有些人則障礙重重，對外界的聲音毫無感覺。

此外，每一個聽障者使用的溝通方式也不盡相同，有些人的口語表達能力與一般人無異；有些人主要是使用口語溝通，但仍需要一些視覺上的輔助，有人則完全需要仰賴手語。

五、我想到是否該放大 **PPT** 投影片的文字，因為投影的布幕通常離聽眾的座位有一段距離，文字太小的話，或許造成他們視覺上的不便，所以將 **PPT** 投影片的字放大，聽眾就可看得更清楚。

之後，在接受演講邀約時，除了演講主題外，我也會徵詢學校老師希望我可以在演講中達到什麼效果，從中設計多元活動，以增加演講的成效。

微笑天使特調秘方

微笑天使的聽力不佳，發音也不清楚，無法跟一般人溝通。當你遇到微笑天使是你的朋友時，如何與他溝通及相處？

一、微笑天使的溝通方式：

（一）讀唇：讀唇對於微笑天使是必須的，也是一項本能，當聽覺能力減弱時，讀唇能力就隨著需要而增加；除了聽覺外，加上視覺的輔助，更能完全理解對方說話的內容。

（二）手語：手語是一種無聲的語言，是微笑天使日常生活中不可缺少的溝通技能。使用者透過手指在空間中，隨著位置及方向組合出千變萬化的手勢，有時還需要配合面部表情或肢體動作來傳達意思，形成一種用眼睛讀取的動態性視覺語言符號。

（三）筆談：微笑天使與他人溝通，主要是透過讀唇（藉由觀看對方說話時的嘴形來判讀意義），缺乏聽覺回饋與說話的經驗，對於複雜的語音、抽象的概念與偏感受性的詞彙等，皆較難理解或判讀。因此，必要時應以筆談來輔助讀唇，這樣對微笑天使來說會更好理解。

（四）口語配合筆談：由於說話速度或口形的變化，以致有些語意較難聽取或表達，所以最好加上筆談作輔助。

（五）傳真：這是兩人異地相隔且均有傳真機時適用之。通常是在傳輸大量文字或圖片時使用。

（六）電子郵件。

（七）簡訊：微笑天使因語言、聽覺障礙而不能正常使用電話、手機與外界通話溝通，只能仰賴傳簡訊。

（八）AAC 語音溝通板：這是專為有嚴重語言障礙、或者書寫困難的微笑天使設計的。透過 AAC 的使用，微笑天使可以用來傳達心中的想法。這項以圖片和符號編排的語音溝通板，對於微笑天使而言，可說是一項促進雙方互動的輔具。

（九）Line、臉書即時通、Skype 或其他即時通訊 APP。

二、說話時，你和微笑天使面對面，眼神可以直視對方，盡量控制語速，慢慢地說，讓他藉由你的臉部表情和唇形變化，了解你在說什麼。

三、話語中的關鍵字句可輔以手語、姿勢、表情、動作，以幫助微笑天使辨識與快速反應。

四、微笑天使主要依靠視覺來觀察與接受訊息，容易對周圍事件的發生及判斷產生誤差，若能主動將來龍去脈詳盡解說，對於他了解事實會有相當大的幫助。

五、展開對話前，或是換新的話題前，告知溝通主題；對話結束前，重複結論，確認彼此有相同共識。

六、助聽器帶給微笑天使的幫助還是有所限制，戴上後並不會如同正常聽力一般清晰。

當團體聊天時，面對不同的聲音此起彼落，對微笑天使的專注力來說是相當大的考驗，畢竟光是聽一個人的發言就有點吃力，要同時把兩個人或是多人的聲音通通消化，更是一件大工程。這也導致微笑天使在團體聊天時，常常出現狀況外，一旦發現跟不上腳步，只好默默開始做自己的事情。

一對一的對話，是比較適合微笑天使的溝通模式，面對團體聊天，或許你可以嘗試將對話的節奏引導得慢一點，或是藉由單獨說明，幫助微笑天使了解其他人所說的事情，讓微笑天使有更多的參與感。

七、微笑天使的語言表達不清楚，跟他人溝通時，常會擔心造成誤會，或是讓對方不耐煩，心態上容易較為退卻。當你不瞭解他所說的話，或是對他的話感到疑惑時，建議可以請他們再解釋一次，就可以了解彼此的想法，避免誤會。

用這樣的方式，或許你會發現，一開始的誤會其實不是壞事，反而是個可以更深入了解彼此的機會，只要用心聽對方說完，誤會就容易解開，留下的回憶更會讓之後的彼此莞爾一笑。

【演講日記15】
我練習寫作的歷程

·地點：臺中市梧棲區中港國小
·時間：二〇一九年九月二十七日

暑假的一個晚上，我收到一則陳東源主任的訊息：「義宗，我從你的臉書粉絲專頁讀了每一篇演講日記，感覺你寫文章的用詞優美，並深刻描繪心情變化，感動人心。因此，我想要邀請你九月底來中港國小分享寫作歷程，也鼓勵小朋友不要害怕寫作。」

讀完陳主任的訊息後，我猶豫了很久，因求學時期的作文寫得不好，擔心學生會對我的經驗分享意興闌珊。一直到四、五天後，突然想起國中、國小就讀啟聰班的我們，因為受限於聽力的損失，在寫作與溝通遇到許多困難，我希望藉由自己的挫折經驗分享，讓學生們瞭解自己在未來可能遇到的困難，就決定應邀前往中港國小分享我不成熟的經驗之談。

開學前一週，陳主任來家中跟我討論 PPT 內容。在討論過程中，陳主任看不懂一些演講稿的引言，以及啟聰班學生寫作困難的原因，我一直解釋到他明白為止。後來，我想到臺下的小朋友可能也聽不懂，經過無數次地修改，加上舉例輔助說明，才完成了修改工作。

約定的日子到來，陳主任開車載著我前往中港國小。到達會場時，我將 PPT 檔案安裝到筆電中，下載文字 MP3 軟體，並由臺中市聲暉協會的林帝彣聽打員為我記錄校長開場介紹、與同學互

◆ 受邀至中港國小演講，左中為陳東源主任，右為聽打員林帝彣小姐

動的內容。

座談會首先由蔡振地校長開場，他說：「小朋友們，早安！陳東源主任剛剛介紹陳義宗老師，讓低年級的小朋友有初步的認識，中、高年級的小朋友前次已經聽過他的演講，因為上一次的主題是他的成長故事，這次不一樣，主題是要讓大家看他的寫作歷程。陳老師小時候因為先天疾病，導致身體行動不便，語言及聽覺功能也受損，很多不利因素集於一身。然而一路走來，陳老師面對任何的學習困難，憑著一股不服輸的精神，勇於接受挑戰，突破障礙。後來陳老師把從小到大的故事寫成一本《陽光的微笑》，值得做為大家的楷模，書中提醒我們，培養自我良好的品格，未來在社會上才會成為一個有用的人。」

陳主任為了讓全校師生了解聽打服務是什麼，特別請林小姐自我介紹，她說：「我是臺中聲暉協會的聽打員林帝彣，因為聽障者聽不到聲音，無法接收外界的訊息，所以我們將所聽到的訊息，透過鍵盤打字，呈現在電腦畫面或外接螢幕上，使他們了解內容。謝謝大家！」

一開始，陳主任幫忙口述我開頭想要表達的內容、啟聰班學生寫作困難之因素，同學們很認真地聽講，也了解他所說的話。隨後，我用文字 MP3 軟體分享自己練習寫作的歷程，分享過程中由聽打員協助操作投影片。

寫作材料俯拾即是

寫作的材料，除了日常生活所見、所聞、所思、所做的經驗外，另外一個來源便是「閱讀」。透過閱讀，廣泛地涉獵名家的作品，深入理解作者的想法，並轉化為自己寫作時的養分。我因為身障的原因，求學期間把所有的精神都花在課業上，並沒有很多時間閱讀，所以看過的名家作品很少，這也影響了我在寫作上的進步。

我們能夠敘述事情、描述人物或事件，把自己周圍的趣事、生活中的瑣事、社會上的大事等所見所聞生動具像地展現出來，這些都是在學校時，老師用心指導我們的成果，倘若我們能持續不斷地努力，自然就可積累起豐富的寫作資料庫。

另外，將自己的心情、想法變成文字，精準表達自己的見解，讀者可以透過文字理解你、感受你，且不容易造成誤解，達到和別人溝通的目的。

未來的世界，網際網路無遠弗屆，文字溝通甚至比語言還重要。無論是部落客行銷、經營粉絲專頁、用 IG 記錄生活，或以臉書隨意記錄，喜歡書寫的感覺……，都能在網路留下許多紀錄。

啟聰班學生寫作的困難

小學、國中時期，我都就讀啟聰班，上課時靠讀唇來學習，班上的同學們也是重度聽障者。我們因聽力損失，造成訊息接收的困難，主要障礙在於聽取語言訊息受限，進而影響到表達與溝通能力及學習成就。

老師為了讓我們了解內容，上課要一邊講課，還要一邊比手畫腳，對他們而言，的確是一項困難的挑戰。然而即便如此，我們在語文學習和抽象觀念兩個區塊的學習，仍是非常困難，需要老師不斷地更換方式說明，我們才能夠較清晰地了解意涵。

我們在很多學習領域的表現遭遇不少問題，例如在寫作方面，我們以手語作為溝通方式，很容易受到比手畫腳、語序的影響，顯現語序混亂顛倒、文詞累贅、副詞虛字不會使用、抽象詞彙應用困難、論說文寫作也相較困難、錯別字連篇、不能正確地使用標點符號等情形；在句法上顯得雜亂無章，更是我們的致命傷。

使用手語翻譯字詞時並不會有很大的差異，但是用手語翻譯口語就可能有些落差，老師上課都用手語表達講課的內容，時間久了，同學就容易在日記、作文中累積許多差異，這樣長期下來就容易產生誤解。

舉例：

原意：我在你家吃太陽餅。

手語翻譯：我在你家吃太陽餅。

聽障生用手語和他人對話：我吃太陽餅在家。

聽障生書寫內容：我在家吃餅。

像此類例子不勝枚舉，若長句連在一起，往往作者的原意走了樣，這就是聽障生文字表達的困難。

其次，在描述方面顯得平淡，多為日常生活事件經驗的陳述，較少對內心世界作深入的表達，再則想像力亦不豐富，缺少變化，而且造句有困難，文章篇幅也比一般學生短少許多。

父親對我的影響

父親除了在生活上照顧我、在小學的課業上指導我之外，在寫作方面也影響了我。小時候，家裡擺滿了不少語文這方面的書籍，也有不少的工具書和課外讀物，在我心目中，閱讀是他最感興趣的事。父親常感嘆自己小時候沒讀什麼書，出來工作之後，因為日常雜務多、教學工作繁忙，對自己喜歡做的事情用功不夠深，所以忙了半輩子也沒有好成果。

父親擔任教職期間很注重語文教學，他鼓勵班上的學生閱讀與寫作，希望從小培養良好的語文能力，甚至在他擔任教導主任時，還看見他經常帶著學生的作文簿回家批改，可見他多麼樂此不疲。只可惜在我求學時期，因為課業壓力極大，父親從未指導過我如何寫作，只是受到他的感染，我在課餘之暇多看了一些故事書罷了。父親認為多閱讀才是奠定寫作能力的基礎。

大學畢業後，我著手寫書這段期間，才開始向父親請教寫作方面的事情，大部分是著重在遣詞用字的問題。父親很仔細地看了我的文稿，反覆檢視前後文句是否連貫或不通順的地方，又詳細地講解給我聽，說明修改的理由，讓我比較一下修改前後句子的差別在哪裡。我經過他的指導，才粗略了解一些文字使用的問題。

我練習寫作的歷程

在我的求學時期，作文、日記的內容都很普通，直到大學三年級下學期，曾擔任過國文老師的胡心慈教授告訴我：「義宗，我發現你的報告和考試都寫不好，文句也不太通順，所以你有空練習寫作文給我批改，好嗎？」我的心裡明明很高興，但又擔心老師是否在批評我的寫作能力不好，加上沒有信心，所以辭謝她的好意。

大四上學期開學，我收起無謂的擔心，提起勇氣問胡教授：「我的作文可以請您批改嗎？」她微笑地點頭答應了。每個週末，我認真地寫作文，用 E-mail 寄給胡教授。

胡教授拿她批改好的作文給我看，我發現她細心地註記意見，針對我寫作上的問題提出建議，例如：文章結構要有「起、承、轉、合」，文句不通順必須改正，贅詞要刪之以求精鍊……她的用心在在促進了我在寫作能力的提升。

除此之外，胡教授希望我要做好心理建設與準備，練習跟別人溝通，以免未來遭遇更大的挫折與打擊。大學畢業後，我每日皆練習作文、日記，有時也嘗試些閱報心得的撰寫。

有一次參加國家考試，我的作文分數慘不忍睹，連帶拉低總成績，心情很是沮喪，因此向高中國文科陳漢鄂老師請益一些寫作的問題。

我練習寫作的過程中，陳老師總是用心批改我的作文，針對寫作毛病提供修正意見，協助潤飾原本平淡無奇的句子，她的評語具體翔實，毫不馬虎。此外，她針對我的個人特色提出改進意見，引導我日後寫作時取材的靈感。

嘗試投稿

國一時，我曾經試著投稿校刊，把小學時期的故事寫成文章，雖然沒有被採用，我也不灰心難過。我決心利用空餘時間閱讀課外書籍，練習寫日記作文，希望愈來愈進步。

國二時，輔導室舉辦「教師節徵文活動」，導師規定我們每個人都寫一篇投稿。當時，我很擔心自己的作文不好，但又不能不按老師的規定作業，所以我告訴自己：作文只要真誠就能動人，我也許沒有美麗的辭藻，但以真誠的態度寫自己心中真實的想法，收拾起無謂的擔心，相信自己一定可以做得好。

於是提筆寫作文時，我就認真地構思，寫出自己心目中的好老師是怎樣的人，再寫他的教學情況，然後在結尾寫上一些祝福、感謝的話。寫完後，再檢查文句是否通順，作了一些修改，覺得挺不錯的。

過了幾天，班導陳俊如老師誇獎我的文章寫得很動人，把我的文稿送到輔導室去。一星期後，輔導室的戴蓮枝主任來跟我說：「你明天升旗典禮上司令臺領獎！」我聽了雀躍萬分，心想，果然我做到了！沒錯！相信自己、肯定自己就可以成功。

讀報

古人說：「秀才不出門，能知天下事。」處於知識爆炸的時代，閱讀報紙是一件必要的事，不但可以了解時事，充實知識，更能增加語文能力。美國文學家約翰生曾說過：「知識的基礎，必須建立在閱讀上面。」我們可藉由報紙「上知天文，下知地理」，可見報紙在我們生活中是很重要的。

記得國小四年級以前，父親訂《國語日報》給我們閱讀，每個字都有注音，對我來說，閱讀起來很方便。

《國語日報》裡頭的新聞報導，讓我們了解國家、社會發生的重要事件，它也沒有負面的社會新聞。我最常閱讀的，就是「兒童園地」版，是刊登小學生作文的版面。我通常利用週末時間閱讀大哥哥大姐姐們所寫的優美文章，學習到很多新的詞彙，增進寫作的能力。

感恩的心，感謝有你

這場經驗分享，同學們細細聆聽陳主任講的話，也很認真地看PPT投影片。為了加強同學們的印象，陳主任在我每次講完一個主題後，都會針對內容向同學們提問，中間會適時補充我分享的內容。陳主任以〈雲林口湖之旅〉這篇文章為例，說明在我取材之前，並不了解烏魚子的由來，經歷這趟旅遊後，才知道製作烏魚子的處理有許多複雜程序，每一步都會影響到烏魚子的品質，製作者必須謹慎處理。

感謝陳主任的邀請，讓我有機會分享自己練習寫作的歷程，在過程中他也不厭其煩地協助講解，使這次分享能夠圓滿成功，在此表達衷心的謝意。

微笑天使特調秘方

微笑天使是重度聽障者，由於沒有功能完整的聽覺管道，缺乏適當的說話基礎，所以吸收訊息的能力受到限制，對於閱讀理解與寫作能力的發展具有一定程度的影響。因此，當您班上的學生恰巧也有微笑天使時，可以考慮給予以下協助：

一、多鼓勵微笑天使閱讀課外讀物，如果他的認知能力比較差，可先用簡單、有趣的讀本激發他的課外閱讀興趣，也可以指導他一些學習或閱讀技巧，比如把課外知識連結到目前學習的內容，做到觸類旁通，並持之以恆。

二、以國小的寫作課為例，中、低年級時，建議從練習看圖片說話，再寫短句，進而寫出短文；高年級時，視其程度設計先讓他繪畫、構思內容，再根據個人圖畫的表現，指導他用文句來描述情節而構成一篇文章。

三、當批改微笑天使的作文時，多鼓勵少批評，並將他用字遣詞常犯的錯誤摘錄訂正後供他練習。另外，可透過眉批解說寫作的缺點，使他一目了然，便於理解。

【演講日記16】

永不放棄，在黑暗中尋找光芒

・地點：臺中市大甲區東明國小
・時間：二〇一九年十月一日

二〇一九年十月一日中午，臺中市聲暉協會的聽打員林帝妏小姐開車來我家，載我去位於臺中市大甲區的最北邊、靠近苗栗苑裡的東明國小演講。

本次演講之行由我指路，讓林小姐安心開車，不必依賴手機的地圖導航，因為演講前一週，我已先用Google地圖網站查詢從沙鹿到東明國小的路線。在Google地圖上，先選擇苑裡交流道，使用滑鼠順著導航路線前進東明國小，就像開車一樣。不過發現其中一條鄉村道路太窄小，又得左轉三、四次，容易迷路，我擔心趕不上演講時間。後來，我改行更單純的路線，從苑裡下交流道，岔路右轉三義出口，在第一個紅綠燈右轉直行，遇東明路左轉，最後直行前往東

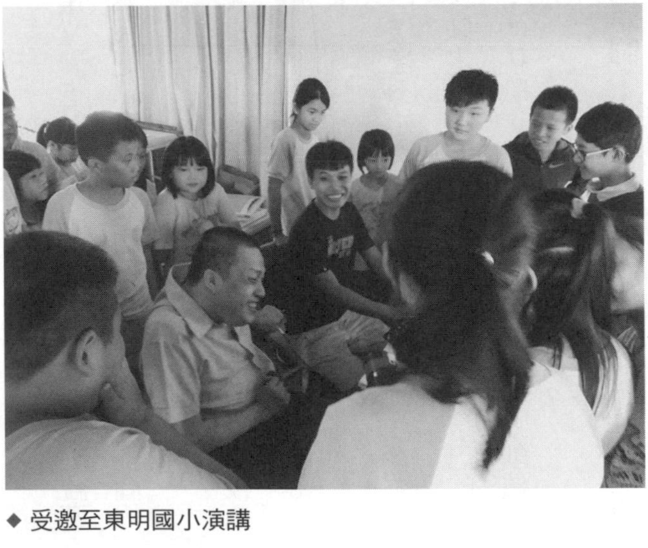

◆ 受邀至東明國小演講

明國小，既節省時間，也比較順路。

到達東明國小時，林小姐把車子停在樹旁，學務組長王文賢老師帶著我們前往西棟二樓的視聽教室。王組長幫我將檔案安裝到電腦中，今天將由林小姐為我記錄王組長的開場介紹、同學提問的內容。

演講之前，首先由王組長開場，他說：「各位同學，大家好！今天邀請陳義宗老師蒞臨本校演講。陳老師是一位非常棒的生命鬥士，畢業於臺灣師大，雖然他的身體上有些不便，但不怕困難，在求學路上，克服了一連串的挫折與考驗。」

「有人遇到不順心的事情時，很不開心；有人遇到自己樣樣不如人或環境不如意時，心情難免退縮低落，『自卑感』油然而生，不敢去挑戰自己。不過，陳老師不向老天爺妥協，面對自己的人生，竭盡所能地去掌控，總是以正面思考接受來自四面八方的挑戰，以微笑面對挫折，努力創造自己的價值。」

演說中，第一個活動是猜字卡遊戲，我先口述的三個語詞——「梅花」、「教師節」、「蘋果」，如果同學答錯了，王組長會請我再說一遍，加上提示，一直到他們才猜對為止。這個活動的目的，是要讓小朋友們設身處地了解語言障礙者言語表達的困難。

接著，我分享求學經歷以及現況，最後並與同學們互勉：當我們身處逆境時，只要心存希望、建立信心，不輕言放棄，讓自己保持積極樂觀的態度，就會找到突破難題的關鍵。

在演講中，我播放五部生活影片，說明如下：

一、**溝通篇：**我向同學們說明自己與人溝通時，常因發音不清楚或是口吃，一些單字、語詞需要多次重覆，才能勉強表達我的意思；若無法用口語表達我的想法，就改用筆談、手語，增進他人的理解。

二、**穿衣篇：**考上大學以前，我無法自己扣鈕扣；大學一年級時，家人不在身邊，我不得不開始學習扣鈕扣，花了數個月才學會。有一次，當同學錄製我的生活影片時，我因為緊張，花了比平常更久的時間才把鈕扣扣好。

三、**打字篇：**我撰寫文章時，得使用電腦打字，在師大求學期間，由於經常要寫報告，已把我訓練成一名打字高手，不但比手寫速度快，修改也方便。為了這次演講，我花了八小時打了一篇演講稿。

四、**讀書寫字篇：**念高中時，我每天背誦課文，並督促自己默寫。對我來說，練習寫字可以在許多地方派上用場，比如：搭火車、客運前，我寫小紙條給售票員看，勝過我比手畫腳了半天，還是說不清楚。

五、**走路篇：**在平坦的路上，行人稀少或沒車子時，我可以自己慢慢地、一步一步地走路，但在斜坡或顛簸的路上，由於我的平衡感欠佳，便需要他人攙扶，才能順利前進。

王組長引導同學們思考，他說現在科技愈來愈進步，但我學會利用各項輔具來克服語言、溝通障礙的限制，解決日常生活的不便，比如說：我不方便使用電話、手機和人聯絡，但打字沒有問題，就可以使用通訊軟體與人互動。

演講結束後，王組長安排每一個班級師生跟我合影留念，此行讓我收穫滿滿，內心十分感動。輔導室的黃文俊主任頒贈「生命教育講座」的感謝狀給我，我由衷感謝，用不清楚的口音向黃主任說：「謝謝！」我相信他應該聽得懂我的意思。

回家的當晚，我收到一則聽打員林小姐的訊息：「義宗，謝謝你，託你的福才有機會到這麼可愛的校園。」我很高興地回覆她：「不客氣！我也這麼覺得，因為今天本來播放我的生活影片後要跟同學互動，但在休息時間，一群同學圍過來跟我聊天，他們問了好多問題，例如：我是左撇子還是右撇子、花了多久完成演講稿、我去幾所學校演講、大學念什麼科系、在發音說話時會不會覺得不舒服、行走或寫字是否方便、平常都喜歡做什麼事情、會不會羨慕其他同學可以正常說話、我喜歡看哪一部影片……等等，我搭配兩人（你、王組長）的筆談，一一回覆他們，氣氛顯得十分熱絡。東明的同學們很可愛，也很熱情，他們十分關心我的身心狀況，透過這次交流，我感受到他們強烈的關懷，這正是一種同理心的展現，真是令我印象深刻！」

兩週後，我收到王組長寄來同學們的學習單，仔細閱讀他們用心寫下的感想，有的很暖心，有的很掏心，有的深切地表達了對我的同情、關懷與祝福。學習單其中一個題目是「請你寫以下的句子給陳義宗老師」，同學們的回饋令我喜悅與感動：

一、陳老師，您跑那麼遠來我們的學校演講，真是很辛苦！我要謝謝你，祝福您平平安安、身體健康！

二、陳老師，請您要加油，永不放棄，我相信您做得到。

三、陳老師，如果您被嘲笑、欺負，不要理會別人的閒言閒語，也不必在意別人的眼光，要繼續過著快樂的每一天。

四、謝謝您來到東明國小演講，也謝謝您告訴我們遇到挫折時，不要放棄，要勇敢面對，這樣事情才會完美。

五、陳老師，你的身邊有很多關愛你的人，不要放棄，繼續努力，加油！

六、陳老師，謝謝您讓我可以體會身心障礙的人有多辛苦，了解他們生活上的不便。

七、陳老師，您學習任何事情時，我可以感覺到你很辛苦，但你的努力讓我學到「不認輸」的精神。祝福你的生活愈來愈好。從這次的演講中得到的啟發是，身心障礙者要努力，不放棄，才能在黑暗中找到希望的光芒。

八、陳老師，您讓我感到佩服的是，即使身體有障礙，也是堅強的活著。我要謝謝您讓我了解身障者的不便，而我是多麼幸福！

九、雖然陳老師的身體有缺陷，但是不輕易放棄，堅持下去，讓我感到驚訝！陳老師，謝謝您讓我知道，世界上沒有人是完美的，我希望您能堅強度過這一生。

這次的演講，我以自己的成長經歷，分享生命故事背後所蘊含的人生哲理，同學們無一不聚精會神地細細聽，他們的熱情與可愛，我永遠不會忘懷。我在此感謝東明國小的邀請，也謝謝王組長和聽打員林小姐對我的關懷與協助。

【演講日記17】

分享生活紀錄片

．地點：彰化縣花壇鄉華南國小
．時間：二〇一九年十一月七日

七月底，我的臉書粉絲專頁收到一份華南國小輔導室的演講邀約。

這次演講的對象為該校二至六年級學生，演講時間約一小時三十分。演講前一週，我先將PPT投影片傳給輔導室洪千雯主任。

洪主任看完投影片後，提醒我內容設計上有些缺失，並建議把問題和要播放的生活影片穿插在每一個主題後面，讓學生透過提問，加深體認我學習的難處與堅持的毅力，這樣更能專注聆聽，以增加演講成效。不過，我跟洪主任述說我聽不到語音檔的聲音之情形，她似乎瞭解我的感受，細細地思索怎麼將語音檔插入PPT投影片，並協助我先從文字MP3軟體把每一個主題的內容存到MP3檔，再剪掉開頭廣告，將它們插入PPT投影片，才能解

◆受邀至華南國小演講，左立者為洪千雯主任

決一切問題。

在我演講前幾天，洪主任已經事先向學生說明我的身心狀況及整場演說規畫，也使他們先了解文字MP3軟體的語音檔是怎麼一回事。學生們期待著我的到來，想看看我演講的情形是否如洪主任的描述一樣。

十一月七號，那是一個天氣初涼但未寒的早晨，大哥開車載我前往彰化花壇。一路上迎著晨曦，也看到車窗外的風景，我一路思索著今天演講的事。

到達華南國小，我們先去輔導室跟洪主任打招呼，她帶我們上到二樓禮堂。進入禮堂，我發現彰化縣聲暉協會的游進發聽打員已在現場，我跟他打了招呼，他會協助將現場狀況與洪主任的每一句話，透過鍵盤打字，呈現在筆記型電腦畫面，讓我即時了解。

一開始，我作簡單的自我介紹，接著用文字MP3軟體分享自己的求學經歷，例如：腦性痲痺造成的學習與生活困擾、小學時在校園受到的異樣眼光、學英文、升學考試、高中上課時的學習、同學陪我參加畢業旅行、大學時外出購物、怎麼跟飲料店老闆娘溝通等等。

演講的其中一個流程是播放我的生活影片，洪主任先向同學們簡述我的生活狀況，使同學們了解、體會，她講述的要點如下：

一、**走路篇**：我小時候練習走路，是經過一段辛苦而漫長的過程，透過不斷練習而有現在的成果。除此以外，我因行動不便，在斜坡或顛簸的路上，需要他人攙扶，才不會跌倒。

二、**穿衣篇**：念小學時，我學會了自己穿衣，但直到我念大學一年級時，才開始學習扣鈕扣。

我花了一個月才學會，因為我的動作不像一般人那麼靈活，扣鈕扣很困難，有時上下位扣錯了，得重新來過，才能順利穿上衣服。

三、**溝通篇**：希望各位同學未來遇到像我一樣的腦麻者、聽障者，能夠發揮愛心，耐心地傾聽他們慢慢地把話說完，如此才能跟他們溝通。

在猜字卡遊戲時，**PPT**的三個提示是「麥當勞」、「在教室看得到」、「文具用品」，我說：「漢堡」、「黑板」，兩位同學一次就猜出答案；最後一個題目是「鉛筆」，我還沒說第二遍，就看到很多同學興高采烈地搶著舉手，我以為第一位答對，結果他答錯了，聽成「毛筆」，一直到第三位才答對。我知道不是他們聽錯，而是我無法精準發音。

在互動問答過程中，聽打員游先生在螢幕上打出洪主任的話：「各位同學，請葉校長點選你們回答問題」，我抬頭看到葉龍源校長從座位中站起來，真是驚喜不已！我心裡想著，葉校長在公務繁忙之餘，仍然撥冗全程參與，更要向他表達感激之意。

再接著是手語教學，我吃力地以不連貫、也不清楚的口語念：「謝謝」、「你很棒」，同時解釋兩個詞語的手語之意思，如下：

一、**謝謝**：豎起大拇指，向對方彎曲兩下，表示你向他道謝。

二、**你很棒**：

（一）你：一根手食指指向對方。

（二）很：右手的大拇指與食指伸直，呈九十度（拇指在右，食指指向左方），由左往右滑過。

（三）棒：握起拳頭，豎起大拇指。

PPT投影片的最後一個問題是，我的臉書粉絲專頁的名稱是「陽光的微笑 Sunshine Smile」，這意味著若我遇到任何問題，都用什麼方式去面對？我的答案是「微笑」，因為我一直用微笑面對人生，積極地看待挫折，勇敢面對挑戰，希望能航向成功的彼岸。

演講結束，我跟洪主任以及同學們合照，心情很愉悅；同學們走向我來，豎起大拇指，接著向我彎了兩下，說：「謝謝你！」更是令我感動不已！

到家時，我謝謝大哥的接送，稍作休息，同時上網瀏覽臉書。我的粉絲專頁顯示一封新訊息，方知這是教務組長李謀忠老師寄來的照片和影片。我一開啟影片，看著自己的手語教學，有條有理地從手語動作到表情傳達，一步一步地教起，猶如當老師一般，瞬間感動湧上心頭，將它們下載當作紀念收藏，更向李組長表達感謝之意。

李組長在臉書分享我教手語的影片，我看見一則學生家長的留言：「很棒的演講，謝謝學校安排！兩個孩子回來跟我分享陳哥哥教『你很棒』的手語。」他的回饋讓我感動！

我感覺今天演說的效果不錯，往後可以改變自己的演講方式。此外，洪主任將操作語音檔的步驟做成紙本的說明寄給我，只要先剪掉開頭廣告，再將我想要的語音檔插入投影片，可以讓演講的過程更順暢。

洪主任提醒我，若我將來接受演講邀約，所有超連結的語音檔或影片檔都要跟 PPT 存在同一個資料夾當中，方便拿去宣講會場，直接移動「整個資料夾」到電腦裡面。我明白洪主任的意思，想到自己之前做網頁、製作成長紀錄片時，所有影片、音樂、照片、文件的檔案也移到同一個資料夾，以免找不到相對應的檔案位置或是無法打開。

今天的經驗分享，每一位同學都全神貫注地聽講，主動給予掌聲，表現了良好的學習態度，我非常感謝他們對這場演講的投入。洪主任的邀請讓我有機會分享人生經驗，全程中亦不辭辛勞地協助操作投影片，給我諸多建議，甚至教導我如何轉語音檔，讓我在分享之餘也學習到很多不一樣的技巧，由衷感謝洪主任安排這場獲益良多的演講之行。

【演講日記18】

珍惜擁有、力爭上游

．臺中市北屯區文心國小
．時間：二〇二〇年十一月二十七日

二〇二〇年九月初，文心國小輔導室邀約我對該校五年級學生進行四十分鐘的演講，我欣然應邀。為了讓學生更了解主題，我將講稿與投影片再做一番潤飾與修改，就等正式上場。

使用文字 MP3 語音軟體時，會有一段開頭廣告，曾經邀我作兩次演講的中港國小陳東源主任幫我確定語音檔的廣告之時間起迄，方便我進行剪輯工作，我從文字 MP3 的語音軟體把每一個主題的內容存到 MP3 檔，到線上 MP3 剪輯的網站剪掉廣告，經陳主任確認無誤後，我再把檔案做最後整理，完成 PowerPoint 投影片。

我先將投影片傳給輔導室黃中興主任、資料組長林永悅老師。

一、黃主任看完我的投影片，一直讚不絕口，說：「義宗，我們心中充滿正能量，也告訴自己要向您多學習。」

二、林組長：「義宗，我看完你的投影片，眼眶溼潤，有想哭的感動！一路走來，您辛苦了！」

我與黃主任通信協調演講事宜，他了解我的特殊需求，還規畫請其他老師幫忙用電腦即時打出演講以及現場的對話者內容。

十一月二十七日早上，林組長開車來家中，跟父親寒暄後，載我前往文心國小。沿途陽光與藍天陪伴，令人心情暢快。

抵達文心國小，我看見一位留著長髮、戴著口罩的女士迎接小朋友進到學校，便主動跟他們道早安、打招呼；我的心中還在暗自想起曾經上網瀏覽過她的臉書以及個人部落格，才確認這位竟然就是陳怡婷校長。我下了車，陳校長出現在我的面前，一見面就親切地關心著我。對於校長的親自到來，我感到非常開心，面帶微笑向她打招呼，再經由一旁的林組長的協助，與校長進行短暫的溝通交流。之後，便由林組長攙扶我前往四樓的輔導室。

進入演講會場，黃主任幫我將檔案安裝到電腦中，並由實習老師盧品穆記錄校長、主任的開場介紹詞以及同學回答的問題。

一開始，黃主任說：「各位同學，早安！我們進行的是生命鬥士講座，藉由陳義宗哥哥的心路歷程分享，希望能激勵你們，讓你們獲得啟發，這是非常值得我們學習的模範，因為事實上，我已事先看過陳哥哥的文字稿，感動到流淚！我相信如果你們也用心聆聽他的成長故事，會跟我一樣感動，只是每一個人可能會有不同的感觸和理解。」

陳校長介紹拙作《陽光的微笑》，說：「小朋友好！你們其實可以看到前面的陳義宗哥哥，一出生就因母親待產過久而缺氧，導致嚴重腦性麻痺、聽語障，你們發現他的肢體動作無法像各位一樣方便輕鬆，也因此造成他在聽力以及說話上也有一些不方便的地方，雖然一路走來過得很辛苦，

◆ 受邀至文心國小演講。作者身旁為陳怡婷校長，左立者為黃中興主任，右立者為林永悅組長。

◆ 作者在臺中市文心國小演講

但是他仍然非常努力學習，把從小到大一路跌跌撞撞走來的心路歷程寫下來。陳哥哥親手送他的著作《陽光的微笑》給我，並特別簽上他的名字及日期，這幾個字對常人來說如此簡單，但相信陳哥哥是用盡力氣才完成的。因此，你們要仔細觀察，當你看到他人多麼不便時，才會意識到自己是如此的幸福。看著陳哥哥從小努力奮鬥不懈，而你們有時受到一點小挫折就被打擊，我們更要學習他的精神。」校長隨後帶領小朋友一起說：「陳哥哥好！」

我使用文字 MP3 軟體分享成長故事，內容有學前篇、學習英文的歷程、普通班的上課情形、接受大學生活的挑戰等等六大主題，期望能夠滿足同學們的需求。舉兩個例子如下：

一、「學習英文的歷程」PPT 投影片的最後一段提到：「陳俊如老師是我在國中的恩師，如果沒有她，我永遠學不會英文，也無法順利通過高中聯考的窄門而進入臺中一中，甚至在往後的大學身障推甄中，也無法以英文的關鍵優勢而得以考入臺灣師大就讀。」

另外補充兩點讓我感動的地方：

（一）還沒講到升學考試的投影片前，同學們歡聲雷動，熱烈鼓掌，我當下愣住，不知這是怎麼一回事。盧老師在筆電的螢幕上打出學生的反饋：「您考取臺中一中，也考進師大，非常厲害！」才知道他們鼓掌的原因。同學們的熱情太令我感動了！此外，同學們的年紀還小，竟然知道臺中一中很難考，使我感到不可思議，我自己是到國中時才知道的。

（二）黃主任也向同學們補充說明，這件事情讓大家體認到老師的幫助真的很重要，我因有了老師的幫助，才把我的潛力發揮出來，陳老師的教誨影響我的一生。

二、在普通班的上課情形：

高中時，由於聽力不佳的因素，我讀得比一般同學更辛苦，上課時必須目不轉睛地看著老師的嘴形及板書，卻仍無法了解老師所講的內容，也無法完整地抄筆記，學習效果自然不好，導致每次考試的成績都不理想。

我也補充大學的上課方式，在師大求學時，資源教室提供筆記抄寫服務，筆抄員在我的鄰座提供即時的筆記整理，提升我參與感及輔助閱讀理解。兩種方式如下：

（一）用手寫：筆抄員將老師講課的內容馬上記錄下來，一一傳遞給我閱讀。

（二）用筆電打字：筆抄員主要以同步打字方式，將語音訊息呈現在筆記型電腦的螢幕上，使我了解。

我希望藉由我的成長故事，激勵同學們應珍惜擁有、力爭上游，並體會身心障礙者的不便與內心感受，進而激發協助身障者的同理心。

在演講進行中，盧品穆老師使用 Google 語音及文字輸入演講的內容，讓我想起大學的聽障學長曾經分享 Google 語音輸入，那時就希望有一天能看到實際使用狀況，沒想到這次實現了，我親眼看到盧老師用 Google 語音輸入，讓演講的內容自動轉為文字。此外，Google 語音輸入辨識率雖然不錯，但還是會有一些錯別字，盧老師會適時修正文字，使我明白。我很感謝盧老師的協助，讓我即時了解內容。

演講後，三位老師給我的回饋如下：

陳校長：「義宗，謝謝您來到文心國小分享，相信今天已為同學們種下愛與善的種子。祝福您平安健康！」

黃主任：「義宗，你的分享真的是太精采了，從來沒有看過孩子們在聽講時這麼安靜，可見他們被您努力向上的故事給震撼到！再次感謝你這次精彩無比的生命故事分享，您的正向力量帶給我們很多思考與學習的空間。」

林組長：「義宗，我們真心感謝您願意到文心國小來與師生分享生命故事。小朋友的表現非常棒，全場安靜並專心聆聽，值得嘉許。你的成長故事很勵志感人，小朋友的表現如此傑出，代表整場分享不只完美，更是令人感動。」

今天的經驗分享，每一位同學都聚精會神、鴉雀無聲地聽講，主動給予掌聲，我非常感謝他們對這場演講的投入。

陳校長在公務繁忙之餘，仍然全程參與，真是令我感動！黃主任在我講完每一個主題後會向同學們提問，並幫忙補充內容，讓同學們有更深入的了解。林組長很關心我的身體狀況，整個活動提供許多細心的協助，這都讓我打從心底感謝他們。

微笑天使特調秘方

一、微笑天使在準備演講需要的影片時，對於沒有字幕的影音檔和廣告，處理時會因為聽力障礙而遭遇困難。您可以先跟微笑天使確認需要剪輯的影片內容，並協助告知這段內容時間起迄，以便他進行剪輯工作；定案前，再協助確認影片的正確性，以便順利完成演講材料。

二、微笑天使是腦性麻痺加上聽語障，在吸收資訊以及語言表達方面有先天上的限制，儘管如此，微笑天使依然擁有一個可以正常思考的腦袋，也能夠透過手語溝通。因此，當微笑天使是你的學生時，建議可以透過下列教學方式：

（一）口語與手語並用，確認微笑天使有理解你的訊息。

（二）不斷複習，並適時增加難度，循序複習，建立觀念，讓微笑天使增加成就感，能對學科興趣，進而改善學業表現。

第2章

我的E世代朋友圈

網路科技E世代

現在網路科技無遠弗屆，資訊流通瞬息萬變，改變了我們的生活型態。生在這樣一個網路E世代的青年，很多政府相關訊息、數位科技學習、交通旅遊等，都利用網路來完成，使自己的生活更加便利，著實為一大福音。

記得國二開始使用電腦時，由於右手食指節難以使力，無法像一般人靈活操控滑鼠點選功能，只能右手負責推動滑鼠，左手食指協助按左右鍵，後來考上大學的那年暑假，多了時間練習用右手食指按左右鍵，令我掌握技巧之餘，順利上手、熟能生巧，達到令人滿意的效果。

我使用網路來做各種事情，如：看天氣、網路訂票、接收信件、查臺北捷運的路線圖等等，漸漸瞭解網路的好處。念大學時，任何事情都必須靠自己，像是每次放假回沙鹿前，需要先上網查火車時刻表，再使用網路訂票，就能順利買到票，然後再到校內的郵局取票；另外像是放假前，我跟一位身障朋友在計畫「植物園、歷史博物館一日遊」的行程，也是靠自己先上網查捷運路線圖，再跟朋友討論，才順利將行程規畫完成。

使用GoogleMap規畫行動路線時，出現藍色的最佳路線以及灰色的替代方案。畢業後，每次跟國中同學聚會，我只需事先知道目的地，進入GoogleMap後，先用滑鼠記住最佳路徑，行進途中發現問題時，也可以隨時改變行進路線，駕駛者就依照我的引導前進，不需再依賴手機導航。

現代的網路科技發達，人際溝通工具變多，如：電子郵件、臉書、Line、Skype等等，對聽語障者很方便。不過，無論就醫、進修、洽公，抑或只是餐廳訂位、銀行、郵局，仍以電話聯繫為主，對聽語障的我們來說，一件簡單的事卻需花上好幾倍的時間處理，甚至勞煩別人，對身心障礙者而言，反而讓這些事情變得複雜起來。

一直到二〇一九年，我的國中同學歐陽磊（重度聽障）擔任洛以整合溝通公司的執行長，與其他聽障者合作開發手語視訊翻譯平臺，讓我們獲得更及時的翻譯服務，避免資訊獲取或溝通上的落差而陷入不平等的狀況，例如：我跟國中同學聚會前，由於我的打字速度較快，選擇手語翻譯視訊平臺的文字溝通模式，透過翻譯員即時轉譯，讓我能表達自己想說的內容，包括訂餐廳、用餐時間、本店的停車場等等，同時也能知道老闆說什麼，使訂位不再是件難事。

現代的網路科技為我們的生活帶來了許多便利，也幫忙我們解決許多生活問題。你若不親自嘗試，怎能體驗網路生活的樂趣呢？

◆ 高一時，我在資源教室使用電腦的軌跡球滑鼠，右手食指負責用軌跡球操作滑鼠游標移動，左手食指協助按左右鍵。

手語視訊翻譯平臺相關資訊

- ◆ 洛以整合溝通有限公司：https://loy.tw/
- ◆ 臺灣手語視訊翻譯平臺：https://tslvri.loy.tw/
- ◆ 《LOY 臺灣手語視訊翻譯平臺》臉書粉絲專頁：https://www.facebook.com/tslvri

奇妙的相遇

說起我跟李月薰老師、羅幗英老師第一次相遇，那是在二〇〇〇年九月十五號，也是我高中畢業旅行的時候。此後，我再也沒有跟她們見過面，但這一次邂逅一直深深地留在我的心版上。

高中畢旅的第二天下午三點左右，我們來到墾丁海邊，下了車，同學們三五成群地衝向海灘，有的在海邊散步，有的穿上沙灘鞋踏浪，大夥兒玩得不亦樂乎。我因行動不便，就和導師留在岸邊的遮陽棚，我找了靠邊的一把椅子坐下，靜靜地休息，遙望天際雲舒雲捲、海天一色，一種怡然自得之感盡在不言中。

不久，他校的師生也來了。隊伍中，有一位像是帶隊的老師似乎注意到我坐姿穩定度不如一般人的情形，便走向我來，她關心地問我一些很簡單的問題，我讀得懂她的唇語，很想回答，但無法正確發音，就請一旁的導師幫忙回答她的問題，如：我讀什麼學校、我的身心狀況、我們參加畢業旅行等等。

另一位老師想要跟我聊天，我打手語說：「很抱歉！我聽不清楚您說什麼，請您用筆談。」她似乎了解我說什麼，於是拿起紙筆跟我交談。我因而知道她們兩位是士林高商的國文老師，此行也是帶學生參加畢業旅行。

在筆談過程中，老師幫忙翻譯她同事說話的內容，她也提及班上有身障生的事情，我這才瞭解她為何會特別注意我。心裡想著，她必是一位充滿愛心的老師，了解身障生的身心狀況、特殊需求，真心關懷他們；她提到了她先生是師大教授，只可惜我當時忘了詢問他的大名。

在我們的互動中，方知幫忙翻譯者就是羅幗英老師。兩位老師的愛心令我感受深刻。太陽漸漸地西斜，我們結束了這一站的海濱之行，告辭了兩位老師，就跟導師及同學們一起回凱撒大飯店。回到飯店，我回想剛才在海邊的情形，兩位老師的關懷之情，使我倍覺溫暖。

歲月如風飄逝，如今每當想起兩位老師，心頭上總會湧上無限的懷念。前陣子，忽然靈機一動，臉書網站不是有搜尋的功能嗎？我就試著鍵入羅老師的名字，果然找到她本人，並寫了一段文字給她，慢慢等待回覆。

有一天，臉書顯示了羅老師的回文，我興奮得急著打開，她說：「很抱歉，現在才看到你的訊息。我忘了這次相遇，但看到你的留言非常感動，也感謝您一直記得這一次的相遇。如果再來一次，那個夜晚，我會陪在你身邊與你好好聊天，還記得當時我們聊些什麼嗎？」

我細述當年相遇的那段往事，羅老師想起來，我也才知道最先注意到我的人是李老師。頓時想起自己還沒向李老師提出臉書交友邀請前，猶記不清她的臉孔，偶然再次造訪老師的臉書，看到照片後才確定是她。

更不可思議的是，李老師的先生正是王振德教授，他是當年師大特教系主任，也是後來我上師大時，系上必修「資源教室方案」課程的指導教授，我不禁在心底大叫：「哇！天下事可真是太巧了！」

李老師確認我的臉書交友邀請後，我細細地瀏覽她分享的旅遊照片，以及老師簡要寫下的一些想法或是拍照當下的心情，讓我想起那次畢旅時，她隨身攜帶相機替學生拍照，留下了不少鏡頭，沒想到多年後，她的臉書網站還留下當年陪伴學生走過成長歲月的點點滴滴。想必李老師是位喜歡到處旅行，捕捉各地人文風情的大自然愛好者。

拜臉書所賜，讓我能在網路上找到兩位老師，內心激動得熱淚盈眶，一句話說不出來。羅老師安慰我，說：「孩子，別哭！要笑；為這世事的奇妙微笑著！」

遇見李老師、羅老師，是我此生一場難以忘懷的邂逅。

我很想當歌手

上大學以後，我接觸音樂的時間多了，課餘之暇，我喜歡聽網路音樂，尤其是《大愛劇場》的片頭曲和片尾曲。有一次晚上看完大愛臺的長情劇展《我的寶貝》，三位年輕歌手唱的片尾曲讓我聽得入神，也燃起我想當歌手的初心。

大學三年級同樂會的卡拉ＯＫ活動中，我曾點過歌，但在全班面前，卻提不起勇氣發聲，因為總覺得自己的發音無法準確、抓不到拍子！

在大學畢旅的車程中，大家非常開心地唱卡拉ＯＫ。我坐在最後一排靜靜唱著同學點的歌，自己也試了幾首歌，發現自己唱歌像說話一樣，在發音與節奏上遇到很多困難。沒多久，在我前座的俞和萱同學聽得到怪怪的聲音，轉頭看到我在唱歌，對我說：「義宗，我聽不懂你唱什麼，但唱得很好聽！加油！」我聽到她這麼說，心裡既高興又感動。

換個角度思考，普通人要立志成為一位「歌手」，其實也並不容易，更何況對一位說話相當吃力的多重障礙者（腦性麻痺、聽語障）呢，這無疑是一項艱鉅的挑戰，箇中的挑戰與困難，當非一般人所能體會。

跳舞

一個週六的晚上，我在臉書觀賞臺北特殊教育學校趙麗君老師分享的影片，影片敘述某個電視節目出現年僅三歲的舞蹈小天才，一個人拉著一只移動式拉桿音箱，隨著音響跳起快節奏的舞蹈來，如〈踏浪〉、〈回娘家〉、機械舞、武術等等，引得現場的三位評委和無數觀眾大開眼界，可愛極了！

我上網搜尋這首〈踏浪〉，無意間發現了媚力舞蹈社PO出的影片，她們的舞技既精湛優美又富有原創性，舞蹈與音樂相當契合，舞步清新不落俗套，那熟悉的旋律、輕快的歌聲，使我聽得如癡如醉，心想若我也能興致來時跟著婆娑起舞一番，不知該有多美妙！

有一次，大學的一次體育課結束後，經過舞蹈教室看到練習有氧舞蹈的同學，愉快地跟著音樂擺動身軀，教室裡偌大的鏡牆清楚反映他們的動作，能夠看見鏡中盡情律動的自己，我的心情頓時也跟著自在起來，我想這是忙碌學業中非常有效的紓壓活動。

記得小學四年級時，那時我在彰化中山國小啟聰班就讀，有一次，我們啟聰班參加彰化縣聲暉協進會舉辦的身心障礙學生舞蹈表演。雖然我們的動作仍不是非常完美，但同學們表演的熱情高昂，大家都很賣力地演出，希望藉由這次的表演向外界證明就算我們聽不到，也一樣能跳出精采的舞蹈。

後來，我的心中隱約能感受到老師安排我們跳舞表演的用意，班上大部分同學是重度聽障者（我是唯一重度多障腦痲生），雖戴上助聽器，卻只能聽到低頻率的聲音，學習跳舞的過程倍感艱辛，無法聽到整首舞曲的旋律，因此舞蹈動作很難與音樂完全配合。不過，一支舞碼要練習二十次以上，這須有加倍的毅力和熱情，以及不怕付出加倍的時間和努力，否則無法摸索到一個基本的舞步來。

大學二年級上學期開班會時，康樂股長教我們如何跳土風舞，我很專注地看著同學跳的動作和指示，並跟同組的曹博勝同學練習跳舞，前兩次都跳不好，不停出錯。幸好，博勝不厭其煩地教我，我仔細看了好幾遍他的舞步，一直跳到最後一次，終於學會了，我的心裡大聲吶喊：「我做到了！」

由於聽力和肢體均不便的因素，加上沒有舞蹈細胞，我跟不上音樂的節拍，動作十分僵硬，就算動作跟上了，跳起來也像個十足的機器人，所以一直以來對跳舞這件事情，總是抱持著欣賞卻不敢嘗試的心情，每次在電視上看到那些很厲害的舞者滿懷自信又陶醉地跳著舞，只能打從心底佩服他們，也希望自己有朝一日能跳得像他們一樣好！

拜 Youtube 之賜，在電腦上搜尋教學影片十分方便，所以不管有多忙碌，壓力有多大，我一有空就點出「媚力舞蹈社」的影片來看，也一步步地跟著跳舞，慢慢地能把自己的活力帶到巔峰，讓身心的疲倦頓時雲消霧散。

未曾寄出的信

聽障人士與人對話時，問題並不只在於「聽不見」這件事。由於聽不清對方說話的內容，無法接收完整信息，以至於容易導致溝通不順的情況，久而久之便容易發生誤解、猜忌，甚或帶著不信任與敵意跟人溝通，情緒困擾便油然而生，甚至形成性格的變化，這才是問題的複雜性。

寫這兩封信的當下，我的內心並非沒有感同身受的無奈。身為重度聽障者，我更能夠理解這種心境，所以試著寫下我的心情，希望我這份回饋的心，能夠有助於化解你久藏於心中的困擾，即使是一丁點兒也好。

信，寫好了，擺著擺著，過了許久，還是沒有寄出去。如今，時過境遷，倘使有一天你能夠看到這封信，我還是快樂的。

給一位聽障朋友的信（之一）

○○：

這四年來，你一直傳訊息給我，信中提到：「我每天都快樂不起來，因為我常常跟家人、親友因意見不合而吵架；求學時期的同學和朋友都疏遠我，也不跟我聯絡；在職場中常常遇到一些有懷有敵意的長官、同事，不跟我溝通。以上都是他們的問題，不關自己的事。」

這類的話聽多了，感覺你已經無法從抱怨中抽身。

人當然都有盲點，往往會看不見讓自己停滯的癥結。身為你的朋友，站在旁觀者的角度，儘管替你著急，卻只能默默陪伴，等待你破繭而出的時刻。

對於讓你產生盲點的那些問題，基於朋友的立場，請容許我提出幾點愚見供你參考。

人都喜歡被尊重，當我們說話時，擁有一個好聽眾是一件十分幸福的事，倘若對方又能給予中肯又有幫助的建議，更是令人雀躍。我相信你一定有當個好聽眾的潛力，也許現在的你只是太急於跟別人分享你的看法而忘了聆聽；或許可以將腳步放慢一點，多點兒聆聽，試著站在對方的視角看事情，朋友間的交流才會更有樂趣。

朋友之間，分享最樂。《靜思語》對我來說是提醒我做人做事的準則，也讓我偶爾在情緒失衡的時候獲得平靜；這也是我為什麼會多次與你分享《靜思語》的原因，希望在你竭盡氣力而無法將事情妥善處理的時候，能夠將腳步放緩，好好梳理自己的思緒及心情，當重新面對問題的時候，也許處理事情的方式會有所不同。

請再容我真誠地提醒你，在生活、工作上，自己必須為自己的一切負責，遇到問題可以跟大家一起討論、商量，試著找出更好的做法，也要勉勵自己保持不斷進步的心情，避免固執、不改變讓自己陷入了惡性循環。

另外，我深切了解你的痛楚，推想可能的原因，或許平常工作時，你聽不清楚別人說的話，常須重複彼此談話的內容，因而造成許多尷尬的情況，阻礙了他人與自己溝通、往來的意願，甚至影響人際關係、工作發展，進而出現孤立、脾氣暴躁、猜忌、憂鬱等情緒行為，總覺得沒有人能了解你實際的需求，只能自我沉浸在遠離現實的世界裡。

在生活中，你的思想有時過於敏感，往往將一件小事看得很大、很嚴重。有時候，人家明明是在說別人，你卻認為是在影射你，這樣神經過敏、疑神疑鬼，除了造成自己心裡不痛快，還有什麼用處呢？有時是思想過度悲觀，一事當前，總是如履薄冰，如臨深淵，謹慎固然是好，但是總覺得未免太累了吧。

以我而言，成功、失敗的經驗都有過，在失敗中沉澱一段日子，反而可以反思挫折原因，有助於下次積極地處理以前不敢處理的事情。

我們要學著自己做主，遇到問題時先捫心自問，不要急著從別人身上找答案，或者急著問問別人該怎麼辦。若自己常常模稜兩可或是觀念不改變，就算有其他人的幫忙也是事倍功半。小事情都無法做決定，人生當然是茫茫渺渺；其實，遇到問題擔憂是難免的，但不要擔憂過度、鑽牛角尖。

日常生活中，我們所遇到的每一件事情，對我們都是一個歷練，不管遇到什麼樣的困難和挫折都不必退縮，要把失敗當作成功之母，這樣更能夠磨練出一個人堅強的意志力。

最後，衷心期盼你能明白「要改變別人、先要改變自己」的道理，也要思考如何拉近人際關係的方法。想要去除負面的想法，得靠自己走出來。正面積極的想法有如一顆顆的開心果，會在自己的心田開出美麗的花朵。祝福你早日找到它！

你的朋友

陳義宗　敬上

二〇一三年八月二十三日

給一位聽障朋友的信（之二）

〇〇，你好：

六月的某一天早晨，你使用通訊軟體找我談事情，但在交談過程中，你不明就裡，也在不了解背後原因的情況下對我無端猜疑、辱罵，對我的生活規畫以及空間產生了干擾。

由於科技進步，縮短了人與人溝通的距離，世界因此變得愈來愈小，人際關係也較以往更加密切、複雜。良好的互動，可以建立和諧的人生；反之，不重視溝通，以致互動不良，勢必產生反效果。培養人際互動的方式千百種，以下幾點淺見算是野人獻曝：

一、人與人的溝通建立在誠信的基礎上，雙方沒有信任，溝通容易破局。我們可以思考一下，平時有哪些人值得建立彼此信任的情誼，先從小地方開始，慢慢建立互信的基礎。

二、信任感建立並不容易，需要長期累積才能看見一點成果，就像平常我們存款，要穩定儲蓄好幾年才會看到金額明顯增加，但破壞信任卻是非常容易，只要一句話或一個動作，好不容易累積的信任往往就在一夕間蕩然無存。

三、與人溝通時，仔細了解對方的說法與確認內容非常重要，仔細看完對方所表達的內容後，針對不明白的地方再次溝通、詢問，以免因為理解錯誤造成誤解。另外，跟他人對話時，不妨試著理解對方的心情，站在他人的立場思考，或許也能減少雙方的摩擦。

四、我們用通訊軟體對話時，經常會有習慣性的負面用詞，如：「你又知道多少呢」、「你準備好了嗎」等等，這些負面用詞有時容易造成溝通的阻礙，如果可以的話，試著先放下這些成見，藉由彼此對話來確認雙方的想法，或者更能找到一個新的做法。

五、溝通時，保持冷靜是很重要的。當你感覺自己已經陷入情緒之中，或許可以暫停一下，聊些其他的事情，緩和情緒後再繼續對話，避免因為身在負面情緒的泥沼中，做出預期外的反應，而形成一次無效的對話。

六、在日常生活中，我們試著與自己或他人溝通，讓自己習慣站在他人的角度與之互動，或許能夠讓自己的心情更加美好。

以上所述的這些情況，我也無法保證自己不會犯，如同在那次不愉快的對話中，你的無心之過，傷害了我們多年的信任情誼，然而我或許也在無意之中傷害了你而不自知。希望我們日後在待人處事時，能夠多加思量，讓自己成為正面積極並且能夠帶給別人溫暖的人，加油！

你的朋友

陳義宗　敬上

二〇一六年十二月二日

我的理化老師

上國二暑假輔導課的第一天，同學們從功課表看到理化老師的名字「吳美瑩」，大家對這位老師充滿好奇，不斷地討論她的人格特質與教學態度。

「懂不懂」是吳老師的口頭禪

因為啟聰班的特教老師沒有理化專長，班導陳俊如老師特地邀請吳老師來我們班任教，但是吳老師認為自己不是特教出身，也不會手語，更擔心我們是否能聽得懂她所講的內容，認為這必定是不熟悉又艱困的工作。吳老師因此猶豫了好一陣子，然而似乎有一個聲音在腦中告訴她：「你是一個基督徒，哪裡需要你，就到哪裡去。」她心想，美好的仗要打，崎嶇的路要跑，曾經挑戰指導普通班學生做科學展覽，並且獲得全國第二名的佳績，想到這裡，她就決定接受挑戰，用參加科展做實驗的態度來我們班任教。

俊如老師提供一些上課建議給吳老師，例如：說話速度放慢、嘴唇動作要大且明顯、多用板書等等，但有一次上課時，她忘了放慢說話速度，愈說愈快，直到下課後才想到我們或許沒有看懂她說什麼。此後，只要有空，吳老師就會一次又一次提醒自己放慢說話速度，回家有時間就在鏡子面前練習嘴唇張合及手勢動作，並在書上用綠筆寫下「慢」當作提示，過了半學期，她才漸漸習慣。

每個單元結束，吳老師會問我們懂不懂，也努力從我們臉上表情探測理解程度，再由課堂作業及考試檢測學習成果。後來我才逐漸明白，學習是要看自己努力的程度，切忌遇到不懂就逃避，應該一一擊破自己的弱點，掌握每一分。

「懂不懂」這一句吳老師在課堂上不斷重複的話，聽似平常，但只要從事教育工作的人都明白，這句話的背後，凝聚了數不盡的「愛心」和「耐心」。

教導我們讀書方法

吳老師對我們要求很嚴格，我們都很認真讀理化，因為理化不像文科背背即可，公式的換算、運用，繁雜而多變，樣樣使同學們感到頭昏腦脹。

初次上理化課，吳老師講述物質與能量，我卻是一頭霧水，聽也聽不懂，看也看不懂，這時我的心裡很徬徨。放學後，我趕快跑到樓上，一直反覆複習今日所上的課程，連課文都幾乎可以倒背如流，可是練習寫題庫時，腦袋瓜好似一團豆花，挫折感愈來愈重。

隔天下課時，我問吳老師怎麼讀理化，她回答：「其實學習任何科目都是一樣，著重在『理解』，加強思考理解能力，並配合分析、統整筆記；有了正確的方法，才能大量縮短讀書時間，快速提升讀書效率，減輕讀書壓力。」

有一次理化小考時，我絞盡腦汁地套公式也算不出來，錯誤百出，成績當然一塌糊塗，一直難過到下課，老師看出我的心情，鼓勵我不要灰心，建議我若不懂如何解題，可以隨時請教她，然後把老師解題的方法記下來，以後若再遇到類似題目，就可以用相同方法來解題了。

因為在小學時期，沒有打好基礎，也不懂讀書方法，所以這兩年，我的理化成績普普通通而已。不過在吳老師的悉心指導下，國二下學期發生一件令我難忘的事，有一次上課剛開始，老師出了一個化學小考的題目給我們，碰巧我會了，約四、五分鐘寫完，舉手請她來看看我的答案，吳老師說：「你答對了！」而且全班只有我一人答對，當時實在興奮極了。我想這或許是我習慣每天上完課後，趁記憶猶新時複習老師授課內容與整理筆記，不讓問題和遺忘的東西逐日累積，才能有這樣的表現。

提醒我們注意化學實驗安全

理化的實驗課程都在實驗室進行，物理實驗還好，但化學實驗需要用到許多有危險性的物品。我們進入實驗教室時，吳老師的臉上總是帶著嚴肅的表情，嚴格要求實驗進行時的安全規則，提醒我們隨時注意安全、小心謹慎，但仍有些同學們不聽勸，我不時地發現老師臉上露出擔心的表情，特地請她要多注意。

行動不便的我在實驗課時很少動手，多數時間是默默地看著別人操作，努力在作業本上記錄。我們班的實驗操作幾乎都由范同學負責主導，他是重度聽障者，雖然很少戴助聽器，不過他的讀唇能力不錯，也會根據老師寫在黑板的說明，細心地跟著做，同時會不時向老師問這樣對不對。

讓我印象深刻的是，有一次做化學實驗時，范同學一邊看課本的實驗步驟，一邊操作，得到讓人滿意的結果；女同學們因實驗失敗而煩惱時，他會主動前去協助操作實驗，化解她們的困擾，這種熱心幫忙的態度令人佩服。

吳老師十分驚訝范同學有如此好的理化學習能力，更欣賞他的理科頭腦和熱心助人的精神。報名五專身障推甄時，雲林工專（現今的虎尾科大）光電工程科有一個名額。班導知道范同學的數學成績很好，也會操作理化實驗，鼓勵他將該系填在第一志願，也希望他藉此找到自己的興趣，開創更好的出路，拓展就業管道。然而身障推甄考試當天，第一節國文考科一些題目艱澀難懂，考完後，很多人愁眉苦臉地步出考場，不約而同地大呼：「好難！」收到成績單時，全班的國文科成績只能用「慘不忍睹」來形容，范同學也不例外，當然他也就因此無緣上雲林工專了。

最後，范同學考上嘉義農專（現今的嘉義大學），我們為他感到惋惜！因為他的英文、數學成績不錯，如果國文成績能拉高些，考取雲林工專，甚至畢業後考插大，不斷地進修、自我學習，或許更能激發他的無限潛能。

國三時期的壓力調適

國三，即將要面臨高中職聯招和五專的身障推甄，我們每天都會學習新的課程和複習舊的內容，也要配合國三的模擬考，放學後還要留校上「課業輔導」課。上課時，吳老師都要趕教學進度，也規定了許多作業，我們的壓力自然增加不少。

有時候我們的理化小考成績不好，吳老師責怪我們不夠努力，也擔心我們因理化科成績不佳而拉下總分，導致考不上好學校，她的嚴格要求似乎忘了我們有聽覺、語言障礙的隔閡，因而造成一些同學的怨言。

後來我漸漸地想到，自己是理化小老師，常常去吳老師的辦公室拿作業本、考卷，同時看到學弟妹的生活週記在她的桌上，才知道她擔任一年級的導師，除了要帶好自己的班級外，還要任教其他兩個班級（我們班、三年五班），使她平常教學的壓力很大。我們隱約地發現她的髮間新添了白髮，額頭又加深了皺紋，可惜我們除了努力用功之外，幾乎無法減輕她的壓力和辛苦。

從那時候起，我就時時刻刻地鞭策自己，咬緊牙關地堅持下去，再多的難題都不怕，全力以赴，目標就離自己愈近。

推甄、聯考放榜後，除了我考上臺中一中外，每位同學都考上十分理想的學校，創下我們啟聰班有史以來最好的升學紀錄，達到老師設下的目標，這都是傻如導師和啟聰班所有老師們的功勞，吳老師當然也放下心中的大石頭，為我們而驕傲！

吳老師的祝福與勉勵

畢業前，我請吳老師在個人紀念冊寫下留言，她寫下感言以及深深的祝福，也帶給我很大的激勵作用，她的勉勵語有點長：

義宗，成長是條美好卻艱辛的長路，途中勢必風吹雨打，波折起伏，然而只要追求的心意夠堅定，肯勇敢地面對困難，那麼你就能創出屬於自己的一片天地。

在你畢業前夕，老師祝福你，也期待你帶著自己特有的「快樂的笑容、快樂的心」，努力航向未來。

◆ 吳美瑩老師與學生們合影

◆ 作者、吳美瑩老師、陳加泓同學（作者的母親攝）

我常常寫信向吳老師分享心情記事、傾吐心中的想法，老師在信件中了解我的狀況，也常會提供意見。

在我著手寫作《陽光的微笑》期間，每次寫完一段文章後，就會寄給她看，有一次她回信：「義宗，從你念國中至今，我看到你的努力及向上奮鬥過程，不知感動多少人？足以留下著作，讓更多人從你的心路歷程中體會這個不一樣的故事，給更多學子帶來正向光明面的人生。現今社會上充滿墮落、失意、不滿……，藉由你的筆，寫下勵志話語，定能安撫、鼓勵人心！」

二〇一八年，雙十節後的第三天下午，陳加泓同學跟我一起和吳老師見面、吃飯。吳老師看到陽光灑在我們稚氣不再的臉上，欣慰自己的學生成熟穩重取代了過去的浮躁與茫然，踏實堅毅地活在當下，有方向、有目標，跟隨著歲月脈動勇往前進，欣喜之情溢於言表。但來日方長，她憂心我們的未來仍是一條漫長艱辛的路，雖已突破身體的障礙，但是尚有許許多多的門檻需要去跨越。吳老師衷心地期盼我們再接再厲，也祈禱上天賜福我們勇氣迎接明日挑戰，就如當初老師願意接下我們班一樣。

我送吳老師一本拙作，她要我在書上簽名。她知道我正在進行巡迴演講，更希望我能在臉書建立自己的粉絲專頁，在演講後能把心得分享給更多人。

吳老師，我們感謝您這幾年用心指導、無怨的付出，也謝謝您從不放棄班上的每一位學生。無論人生有多麼艱難，我們會以堅忍不拔的毅力和勇氣，克服一切的艱難險阻，迎向更美好的未來。

微笑天使特調秘方

受到聽力限制的關係，微笑天使在學習數學、理化等著重活用的科目會遇到相當大的困難，也是很大的負擔。因此，當他們是你的學生時，不妨試試看下面的方式：

一、上課時，請同時使用口語、板書與實際例子進行說明，並確保他們都能清楚看到，隨時做些提問或小練習，確認他們是否理解。

二、引導他們使用條列式的回答，確認他們的回答是否完整，最後再補充說明其他的內容。

三、利用視覺線索協助他們學習，如：圖卡、實物、動作示範、多媒體、板書、學習大綱、講義、範例，或將新的專有名詞、關鍵字寫在黑板上，協助他們學習。

雲林口湖之旅

小學時，曾經讀過一本家中珍藏的注音讀物《汪洋中的一條船》，這是一本生長在一個貧困家庭的重度身心障礙青年鄭豐喜先生的自述小傳，書中描述他出生時右腳自膝蓋以下左右彎曲、左腳自膝蓋以下萎縮、足板向上突起的怪症，但是憑著樂觀奮鬥的精神，書中主人翁克服了惡劣環境，奮發努力而有成就的成長經歷。

由於這本書，鄭豐喜先生堅強奮發的事蹟因而感動不少讀者，成為多少青少年奮發勵志的楷模與標竿。一九七四年（民國六十三年）三月，鄭豐喜先生榮獲救國團頒發的「青年獎章」，同年膺選「中華民國第十二屆十大傑出青年」殊榮，這年他剛滿三十歲。誰知隔年九月的中秋節，鄭豐喜竟在「天上月圓，人間團圓」之日因癌症而與世長辭，長留人間無限悲痛與懷念。

◆ 作者與吳繼釗老師合影（戴英宏老師攝）

二〇一七年的十二月四日，戴英宏老師因為知道我早想去雲林拜訪鄭豐喜先生的故鄉，那天專程來到沙鹿，由他開車載我前往雲林口湖，一圓多年來一直想探訪鄭先生故鄉的心願。我們是在早上七點半出發，由於出發前我已經查過從沙鹿到口湖的路線，所以由我指路，這樣可以讓戴老師專心開車。

戴老師是我在臺中一中時期的資源班導師，他是一位極有愛心、深受學生們敬愛的老師。我們沿著臺六一線西濱快速道路進入雲林口湖鄉後，兩人下了車，戴老師扶著我一步一步走入吳老師府上，她正滿臉笑容地等著我們到來。我見到了慕名已久的前輩——吳繼釗老師，發現她是一位樂觀爽朗，精神十足，富有健康的朝氣和活力，這是她給我的第一印象。目前她是鄭豐喜文教基金會董事長，專職掌管基金會的業務與推展，延續鄭豐喜老師對身障朋友的愛。

吳老師也各送給我們兩人一本《超級生命密碼》，並在我事先備好的紀念冊上寫了一則勉勵的話：「義宗，唯有經過風霜的橘子最甜，唯有奮鬥過的人生最美。吳繼釗老師」。我也恭送吳老師一本親筆簽名的拙作《陽光的微笑》。

吳老師開車載我們四處逛逛、導覽，她提到雲林沿海地區養殖的烏魚，行銷國外普獲好評，養殖方式以定置網方式放養在海中和以魚塭引進海水養殖兩種方式為主流。

我們接著參觀位於口湖鄉的「愛知味食品有限公司」時，員工們分成四人一組，共有三、四排，每一個人各司其職展開工作。員工拿出一把前面有一顆鋼珠的刀子，外觀跟一般的菜刀很不一樣，在盡量避免傷害到魚卵的前提下劃開魚肉，為了讓烏魚子比較乾淨光滑，員工們先讓魚放血，不過看著烏魚放血的畫面，卻叫我心驚難受！接著，他們用湯匙將微血管中的血液，順次擠到幹血管，再把幹血管中的血液完全壓出。員工說，血液若沒有清除，則會氧化使烏魚子變黑。

我們來到曬烏魚子的加工廠，烏魚子的製作過程很費工費時，主要生產流程如下：

一、以適當食鹽均勻散布於烏魚子上，於其上加一層平板，如此重疊數層，同層的烏魚子必須大小一致，以免壓力不均，壓迫魚卵。

二、將海鹽醃漬適當時間後的烏魚卵，以清水洗去殘鹽，不但有逼出水分的效果，也能讓它保存較久的時間。

三、將脫鹽後的烏魚子滴乾，平鋪於清潔、乾燥的木板或磚頭上，適當加壓整形。

四、烏魚子的腹肉是分辨新不新鮮的方法之一，由於產地都是現宰現做，故將腹肉留下。進口的烏魚子因新鮮度不夠，導致腹肉變黑而影響到賣相，故大都去除，改用綁繩替代。

五、員工們正埋頭忙碌著，小心翼翼地為烏魚子「美容」，利用薄薄的腸膜修補烏魚子的外衣，使其更加完整漂亮，這項工作得仰賴著工作人員多年的經驗與技術。

六、為製造美好風味及綿密口感的烏魚子，須經人工的反覆曝曬，一整排曬著日光浴的烏魚子，呈現著略帶神秘感的赭紅色，挑逗著遊客的味覺神經，這是雲林沿海地區常見的漁村風景。

我們跟兩位養殖專家請教了許多鰻魚、烏魚子的知識，一位是鰻蝦生產合作社理事主席曾傑鴻先生，另一位是育豐水產行莊國勝先生。十分巧合的是，曾主席的兒子曾霆羽也是臺灣師範大學美

◆ 在高架橋下，井然有序的曝曬場排列著肥美的烏魚子

◆ 作者與吳繼釗老師、曾傑鴻先生合影（戴英宏老師攝）

◆ 作者與吳繼釗老師、莊國勝先生合影（戴英宏老師攝）

術系大學部及博士班校友，恰巧與我同屆，我突然想起在校時，有一天，美術系的楊育智學長曾經帶他到我們寢室，算來是與他有一面之緣，但不知他是否記得我。

曾主席的女兒畢業於臺灣師範大學人類發展與家庭所幼兒教育組，目前是雲林縣北港鎮的「人之初」幼稚園的負責人，她希望幼童能在藝術氛圍下薰陶成長，及早培養美感與想像力；「人之初」幼稚園也重視幼兒的健全人格養成，希望孩子們將來成為一位能自主學習及正面思考、具有公平正義的人。

午餐後，吳老師帶我們去育豐水產行參觀，這也是位於口湖鄉一家專門生產烏魚子的工廠，接待我們的是主人莊國勝先生。他跟我們提到烏魚最少要花三年的時間才能夠長大到有足夠的魚卵，在養殖時還要隨時注意烏魚子的成熟度，才能在最肥美的時候進行捕撈販賣。

在醃製烏魚子的過程中，加入醇冽的金門高粱酒以及精鹽，沒有任何化學添加物，也要注意烏魚子的透光性，因為一些不肖業者會使用染色劑，其實烏魚子的顏色是有深有淺。

我看見在牆上高掛許多比賽獎牌，方知莊國顯、莊國勝兩兄弟聯手製作的頂級烏魚子產品，已蟬聯多年全國烏魚子大賽冠軍，我為莊先生讚嘆、稱羨，他打手語「謝謝」訊號，露出笑容對我道謝，真是令我驚喜不已。

今天在口湖不僅看見雲林討海人不畏風寒、充滿熱情的工作態度，這次的雲林口湖之旅，吳老師以及兩位養殖專家的解說，更讓我們學習到許多知識，加上戴老師在旁提供即時的筆記整理，讓我收穫滿滿。

微笑天使特調秘方

微笑天使受限於聽力的損失，進行採訪時會遇到不少困難，遺漏不少重要訊息，就可能當個沉默寡言的「潛水艇」。

熟悉微笑天使的人在他的旁邊做即時翻譯，提升他的參與感。三種方式如下：

一、用手寫：可將採訪者說話的內容馬上抄寫下來，一一傳遞給微笑天使閱讀。

二、用筆電打字：可以同步打字方式，將語音訊息呈現在筆記型電腦的螢幕上。

三、事先告知採訪者採訪後用 E-mail 聯絡，或者告知採訪者現場可帶筆電、手機之類的裝備溝通，則可免去當中間者傳遞訊息。

國中同學英雄譜

二〇一〇年十月三十一日，在范同學（范同學不願名字曝光，所以姑隱其名）的規畫與邀約下，國中同學們在臺中千葉火鍋文心店舉行小型聚會。

傍晚五點四十五分，范同學從豐原開車來家中接我，與我父親短暫寒暄後，載我前往約定地點。

途中由我引導范同學方向，考量到臺灣大道車輛壅塞，所以決定改變路線，從我家出發，一路走小路，雖然多轉了好幾個彎，但一路通行順暢，比預期的時間還早抵達。

由於我的行動不方便，歐陽磊、陳加泓、廖培凱三位同學與店家協調，在客滿的停車場騰出一個空位，讓我方便移動與進出。

進入店內，張維新正幫忙顧桌位，我們打過招呼，坐定位後，大夥兒熱絡地談起各自的近況、有沒有再跟老師聯絡，以及國中時的種種回憶等等，看起來大家的心情都很高興。

這次聚會連我只來了六個人，另有四位有事不能參加。用餐時，我環顧每一位同學，頓時，往日的記憶猶如老舊的電影在腦中播放……。

重情義的朋友

范同學是重度聽障者，個性內向，重情義。他的數學很好，每當我遇到不懂的問題便向他請教，他總是不厭其煩地講到我明白為止。

國三時，我每天放學都靠自己從二樓的教室，抓著樓梯扶手，一步一拐地走到校門口等媽媽來載。由於我的行動不便，范同學常主動幫我背書包，陪著我慢慢走下樓。他的熱心和堅持，讓我減輕不少體力負擔。

近兩年，范同學知道我不良於行，平常極少出去走走，所以只要一有空，他就開著他的中古車載我到處遊玩、逛百貨公司。

公司的執行長

歐陽磊雖是重度聽障者，但他語言表達很清楚，讀唇能力很強。

歐陽磊在國文、歷史、地理等科目相當拿手，平常也閱讀許多課外書，所以善於理解，知悉寫作的技巧、用詞和主題的掌握。

歐陽磊目前擔任「洛以」整合溝通公司執行長，與志同道合的聽障朋友合作開發手語視訊翻譯平臺，讓其他聽障者都能透過平臺，以視訊電話無障礙地溝通。

歐陽磊從加泓的口中得知我也在使用這個平臺訂位，他驚喜不已！長久以來，我認為自己一輩子都不可能使用普通電話，現在透過這個平臺，讓我獲得及時的翻譯服務，避免資訊獲取或溝通上的落差。

演講高手

陳加泓戴著一副近視眼鏡，臉上經常帶著和藹的笑容，好像從來不知什麼叫「憂愁」似的。他是重度聽覺障礙者，但是說話表達很清楚，也會讀唇。

國二時，學校新建廚房，開辦學生午餐；每天中午，我們在一間專門提供給啟聰班師生用餐的教室裡，和導師、學長姐、學弟妹一起吃飯。

每天第四節下課後，我會留在教室擦黑板、換粉筆、擦地板（教室內的地板是墊高的木地板）；此時加泓會主動替我拿便當盒，幫我盛飯、打菜，讓我結束工作後能夠從容不迫地好好吃飯，他的熱心一直持續到國三畢業。

國三上學期時，加泓參加臺中市聽障組國語文演講比賽，題目是「我的朋友」，內容提到關於我的事情。比賽前，只要功課一完成，加泓便努力背誦講稿；此外，國文科李秋雲老師也多次請他上臺練習，若他出錯，老師會適時提供一些演講技巧，我們都希望他能獲得好成績，也為學校爭光。比賽成績揭曉時，加泓果然獲得國中組第三名。

加泓的妹妹也是重度聽障者，她每天跟著加泓到向上國中，她小我們兩屆，在這次演講比賽中也獲得同組的第二名佳績。兩兄妹優異的比賽成績博得全校師生的喝采。

國中畢業後，加泓就讀臺中高農（現今的興大附農）食品加工科，對於烘焙十分感興趣。畢業後，便到一家麵包坊當學徒，歷經了十多年苦學，現今已成為一位出色的麵包師傅。

加泓熱衷於攝影，不管工作多忙，仍會利用空暇時間去臺中市聲暉協會上數位攝影入門班的課程學習攝影技巧。若遇有不懂的攝影技巧，他便拿著講義四處請教同學或是他妹妹，直到了解為止。

字跡工整的學藝股長

國二上學期時，在一次班級幹部選舉中，廖培凱被同學推選為班上的學藝股長，負責填寫教室日誌。許多老師看到培凱寫教室日誌的字跡十分工整，無不向他豎起大拇指。因此，國三時，他連任學藝股長，我們也都以他為榜樣。

另一件令我印象深刻的事，是國三那年到輔仁大學參加身心障礙學生升學五專推甄。最後一科測驗完畢時，我一走出考場，看見培凱和他媽媽在考場外面等我，他們陪著我慢慢走，令我好感動！之後，我們跟其他同學們會合後，在導師陳俊如帶領下，一起搭小型遊覽車回臺中。

家住在雲林的培凱，目前在臺中市潭子區一家公司當包裝作業員，一個人在外租房生活，每個禮拜放假日搭火車回家，往返雲林、臺中兩地，說來也是蠻辛苦的！

電腦大師

身材又高又瘦的張維新是班上的開心果，只要有他在場，班上的氣氛總是少不了歡樂。升國一的暑期輔導課，維新主動跟我分享彼此的共同興趣，如足球卡通、金剛戰士等等，兩人談笑風生，那次的談話十分愉快。

國中時，為了準備考五專身障推甄的術科（音樂、美術），每禮拜六放學後，全班都會留下來上素描課，由校外的申屠名俐老師（也是一名聽障者）來教導我們。

記得第一次上課時，申屠老師要我們畫同學的臉，我選擇維新的臉，仔細觀察後，在素描本一筆一筆地描繪，認真地畫出一幅他的輪廓，或許作品還有很大的進步空間，但我好像就此開始喜歡這一筆一畫記錄生活的方式。申屠老師看了我的作品，誇獎我畫得很不錯，可惜現在已找不到當時的素描簿。

開學不到兩個月，班導宣布維新轉學到南投縣旭光國中（現今的旭光高中）就讀，我聽了很錯愕，但不知原因。雖然我跟維新的相處時間短暫，但是相信我們的友誼永遠長存。世上沒有不散的筵席，我在心底祝福他學業順利，希望每一天都過得精彩。

分別二十四年後，我、范同學、加泓終於在中友百貨公司與久違的維新相約見面。我按捺不住心中萬般不解的疑惑，問他當年為何轉學？他回答：「因為我家住在南投，離臺中太遠，家人接送不便。」我這才知道他是南投人。

維新的興趣是電腦，他了解電腦的硬體結構，不但會組裝電腦主機，還會電腦重灌等技巧，真讓人佩服；他也會電腦繪圖，譬如他會用電腦手繪板創作出布袋戲的主角，以及假面騎士和超級戰隊等等作品，大約平均兩個星期才能完成一件作品。

每位同學的聽力都不便，但都有自己的人生規畫、堅強的學習意志以及樂觀的人生態度，所以總能克服所遇到的障礙，讓自己的生命充滿無限可能。

聚會後，回到家中才想起忘記與大家拍照留念，但這次聚會的情景將深深地烙印在我的腦海中。

幸福是什麼

何謂幸福？有人認為有個安全、美滿的家庭，就是幸福；有人認為賺取很多財富、擁有極大的權力，就是幸福；有人認為吃得飽、穿得暖，就是幸福；也有人認為，飽暖富足僅是幸福的表面，真正的幸福是靠親情、師生情、朋友情維繫的，也是用金錢所買不到的。其實幸福就在我們身邊，在我們點點滴滴的生活中，在我們成長道路上的每一個腳印裡。

我以前不知幸福是什麼，但經歷一次在文心國小的演講後，才深刻了解幸福的真諦。

夜闌人靜時，電子信箱顯示了一份新

◆ 作者與文心國小林永悅組長合影

的巡迴演講預約表單，我興奮得急著打開，一見是文心國小輔導室的邀約，我欣然接受，當下就回覆了。

資料組長林永悅老師加我為 Line 好友，我敘述自己的身體狀況、如何演講、聽打服務等情形，她了解我的特殊需求，答應傾全力配合。在 Line 的聊天過程，林老師就像一位親切的師友，她幽默風趣的談吐，使我不怯於跟她傾談。

約定的日子到了，我吃過早餐，林老師傳來 Line 的訊息，我顫顫巍巍地朝門外走去，父親拿著塑膠小圓凳，讓我在門口坐著，我們一起等待老師的到來。不久，林老師的車子停在門口對面，我初次跟她見面，一點都不覺得陌生。

林老師下了車，走向我家門口，臉上掛著甜美的笑容，她給我一個大大的擁抱，我的內心十分激動，竟無聲地哽咽起來，淚水已在眼眶打轉，她起身與我父親談話，沒有發現我流淚的痕跡。我心中自忖，林老師事先讀過我的演講稿，深刻地了解到我求學過程經歷許多大大小小的起伏，也曾遇到很多挫折，或許如此，她對我更加了一份心疼。

由於站立的穩定度大不如前，我坐在小圓凳上也是有些不自在，所以她彎下腰來擁抱我。我好幾次想到這個情形，就有一種心酸的感覺，真是對不起她！

從小學至今，林老師是唯一主動擁抱我的師長，因我從未曾想過自己能夠被擁抱；每次遇到挫折或是不愉快的事，都藏在內心深處，故作堅強，很少向人傾訴，總要求自己冷靜思考、解決辦法，咬著牙撐過去。

前往文心國小的途中，她擔心我早餐是否吃飽了，用手機語音輸入文字「你的肚子會不會餓」，我以手勢回答：「OK！我已經吃飽了。」她懂我的意思，我非常感謝她的關懷。

演講前，由於先前未正式與林老師相見，好幾次想跟她合照，但是一直說不出口，沒想到演講結束，竟真的實現了。林老師主動請一位我熟悉的高中老師幫我們拍照，讓我非常興奮，內心感動莫名！

遇見林老師是我一生中最幸福的事之一，她為我做不少事情，很關心我的身體狀況，細讀我求學時期的心路歷程，使我倍感溫暖。

幸福乃是知足者的專利品，唯有知足者才能從平凡的生活中體驗到幸福的真諦。例如失而復得是一種幸福，得天下英才而教育之是一種幸福，父母健在、兄弟無故也是一種幸福，甚至他鄉遇故知，風雨故人來等，也都是一種幸福。幸福無時無刻不潛藏在我們身邊，只有知足的人才發覺得到它。

幸福對於每一個人來說，都有著不同的定義，在你心目中，幸福又是什麼呢？

第3章

以文描繪我的自畫像

春風化雨一九九六

升國三那年暑期輔導課的最後一個禮拜，國文科李秋雲老師為了紓解我們準備升學考試的壓力，安排我們觀賞《春風化雨一九九六》（Mr. Holland's Opus）這部經典電影。或許是處在準備高中職聯考、五專身障推甄的緊繃狀態，再加上如潮水般湧來的作業與考試，想寫下觀影心得的想法也就淹沒在無窮的壓力下了。直到大學四年級，心血來潮嘗試寫下對這部電影的觀賞心得。

前言

《春風化雨一九九六》這部電影，敘述一位音樂老師如何在教育與家庭之間取得一個最佳的平衡點，他打破傳統，用自己的理念和方法教育出一批優秀的學生，讓學生畢業後永遠銘記師長的教誨，並期許自己成為一位擁有寬廣胸襟、讓世界更美好的人。

「教育」是人生的重要課題，無論給予或接受，都需要一份愛與包容。看完《春風化雨一九九六》後，我深深地被格倫．賀蘭老師（Glenn Holland）這份教育熱忱所感動，他從一位暫時委屈自己授課的代課老師到倍受愛戴、並跟周圍的人一起分享生命中的喜悅，分擔生命中的挫折，跟學生一起成長和進步。劇中家庭倫理與為人師表的掙扎、古典與搖滾的衝突、戰爭的殘酷情節也都令我印象深刻。老師被賦予的期待是用耐心、愛心來教導學生，就如滴水穿石般，只要一點一滴持續不斷，再硬的石頭也會有改變的一天。

或許在功利主義掛帥的年代，教育方向與目的也抵不住現實壓力而逐漸變質，學生的學習動機已趨向功利，更遑論藉道德教育來提升學生之公德，在在已經面臨種種挑戰。然而導演藉由本片中賀蘭老師的教學歷程，讓觀眾反思自己的觀念，試著以不放棄的毅力，發掘學生的潛能及優勢；進而以溫暖而堅定的愛，帶領孩子建構生命的成長。這些種種，無不值得令人省思。

劇情簡述

西元一九六四年，一位充滿活力的年輕老師——格倫．賀蘭，首次踏入甘迺迪高中教授音樂相關課程。然而對他來說，教書只是暫時的，他想要做的是一個真正的作曲家。他心裡盤算著，數年之後，他賺了足夠的錢，就可以利用教學閒暇的時間，專心致力於創作一首世人永銘心中「偉大的美國樂曲」。

無奈造化弄人，因妻子懷孕生產，接著發現兒子的聽力受損，賀蘭老師不僅要一肩扛起家庭經濟重擔，也要繼續從事教書工作，就這樣，一教就教了三十年。

賀蘭老師於初任教職時，早先是照本宣科地教書，以致於所教的樂理知識無法引起學生的興趣，也讓自己感到教學上的挫敗。後來，隨著教學心態與方法的調整與改變，了解學生喜愛搖滾音樂的需求，對音樂的熱愛一點一滴地感染了不少學生，彼此分享生命的學習與成長。

學生

賀蘭老師任教音樂課程，同時肩負指揮學校樂隊的責任，以便在公開場合表演。第一次指揮樂隊時，同學們七手八腳拿起樂器，吹出各種不和諧的雜音，好不容易結束練習，賀蘭老師笑一笑，勉勵道：「大家的表現很精采！」這顯然是善意的謊言，但至少給大家正向鼓勵，不至於一開始就撲滅了同學們的熱忱。

隨著練習次數的增加，同學間逐漸變得有默契，合奏就愈來愈有模有樣，可是賀蘭老師發現樂隊中有一位金色頭髮的葛楚．藍格（Gertrude Lang）老是吹豎笛吹走音，也跟不上節奏。

賀蘭老師於是每天提前三十分鐘上課，以一對一的方式教導她，先了解她學音樂的背後原因，得知葛楚初始是出於喜歡才接觸音樂，然而隨著學習質量與時間增加而倍感壓力，由剛開始時的自動自發轉變為一種勉強。此時支持她繼續學習的動機不再是樂趣，而是不服輸的心態，心存跟兄弟姐妹競爭的想法，因此累積不少心理壓力。

賀蘭老師理解葛楚無法順利吹奏豎笛的原因，就提醒她放鬆心情，不要一直處於激動、比較、生氣與自我要求的激發狀態，更讓她瞭解學習音樂是一件輕鬆、有趣的事，可以把自己的感情融入到了音樂之中，這種感情在歌聲中得到昇華，趨向完美，帶給人們的不僅僅是一種旋律，更多的是心中的那一份感觸。

賀蘭老師幫助她跳脫樂譜上的音符，慢慢引導她想像將天邊的夕陽、金黃色的餘暉與秀髮映入腦海中，就這樣，她跟著賀蘭老師的伴奏，奇蹟似地正確吹奏出樂曲，讓她重新找回對音樂的熱情與興趣。此時，他們師生倆會心地互視一眼，開懷大笑。

葛楚初始從一個沒有自信的女孩，到後來走上從政之路，成為一位沉穩幹練的州長，她本身的努力當然是非常重要的，但她如果沒有毅力苦練豎笛而中途放棄了，也就不會遇到賀蘭老師而有所轉機，進而改變她的人生，所以說人生的機緣看似不可捉摸，但有時候是得靠自己來掌握的。

賀蘭老師被學校指派指導軍樂隊時，竭盡力氣地命令學生依預排隊型就定位，但在開始踏步動作時，大家又亂成一團，沒有受過軍事訓練的他只好求助一旁的梅教練（Bill Meister）。

梅教練的手指向路易．羅素（Louis Russ），他孤伶伶地坐在看臺上看同學們操練軍樂隊、練習踢橄欖球。梅教練跟賀老師交換條件：羅素本來是學校橄欖球隊的成員，教練對他非常賞識，但是他的學習成就低落，面臨被學校開除的危機，橄欖球隊待不下去。倘若賀蘭老師願意讓羅素加入軍樂隊，校長就能給他學分，他也可順利畢業；而梅教練也願意協助賀蘭老師操練這支軍樂隊。

羅素從未學過音樂，對演奏與樂理完全一竅不通。他的加入，不但無法給軍樂隊加分，反而絆手絆腳，影響樂團的整體表現。經過一段時間，梅教練問賀蘭老師羅素是否可以加入樂隊，賀蘭老師的回覆是「不適合」，然而梅教練堅持要羅素加入，賀蘭老師不以為然地說：「不會摔角並不是世界末日。」梅教練開口道：「摔角事小，我關心他。」賀蘭老師無奈地告訴他羅素無法學音樂的事實。此時，梅教練當著面跟賀蘭老師說：「若是如此，那你恐是一位爛老師吧，我不能坐視他錯過機會，我以前也跟他一樣，要不是有人給我機會發揮所長，我不會成為神氣巴拉的梅教練。」

賀蘭老師為了讓羅素進入狀況，進行一對一的指導訓練，他花了不少精力與時間，一方面，用搖滾樂來激發他對節奏的認識，引導他感覺音樂的節拍，偶爾壓壓他的腳，糾正他的錯誤動作；另一方面，當羅素稍能掌握節拍時，賀蘭老師用棒子隔著頭盔敲打他的頭部，加強他對拍子的敏感度，這樣教學的精神與方式，就像是大愛劇場《聽見愛》中，林金拔老師的一句話：「一次不會就教兩次，兩次不會就教三次，教學生就要『永不放棄』！」

最後，羅素跟得上大家的節奏，敲出令人悅耳的曲子，獲得賀蘭老師的稱讚與同儕的掌聲，讓他充滿信心，感受到賀蘭老師的關懷與用心。

在社區的嘉年華盛會中，羅素的父親在觀眾席中看到擔任鼓手的他，非常興奮地喊了大叫：「路易、路易，這是我的兒子！這是我的兒子！」羅素的表現令老師、父母與同儕感到欣慰。

羅素的本性善良，學習障礙緩慢，但他並非不努力，而是缺乏學習的環境與自信。羅素需要別人從旁的鼓勵與支持，給予他更多的學習時間，幸得賀蘭老師排除一切，給他多次機會，終究將他點石成金，才能順利畢業。

從賀蘭老師的教學歷程來看，我們可以獲得一個啟發，千萬不要輕言放棄任何一位學生，透過許多方式讓他們學習，不斷地跟他們一起嘗試各種適合他們的學習方法，就有機會改變或影響他們一生所走的路。

史泰德勒的個性桀驁不馴，一向我行我素，偶爾也會嗑藥，上課時漫不經心，玩笑似地嘲弄正規教育，是賀蘭老師跟同學心中的頭痛人物。

史泰德勒的心中缺乏對行為規範的敬畏，膽大妄為而毫無紀律，做事完全從自己的主觀意志出發，不考慮交流對象的感受，所以與人相處並不融洽。此外，他只對滿足現實的慾望感興趣，如果用投機的方法可以輕易地取得利益，即使是不符合道德規範，他也會去進行，對於未來可說毫無目標與規畫。

對此，賀蘭老師帶史泰德勒參加路易．羅素的葬禮，羅素因為參加越戰殉職，還沒來得及享受生命就結束一生。賀蘭老師語重心長地對著史泰德勒說：「羅素是我的學生，曾經三度晉級全國摔角決賽，甚至學過打鼓。他沒有你聰明，千辛萬苦才熬到畢業，所以畢業對他的意義重大。」

賀蘭老師總是苦口婆心地教導史泰德勒瞭解生命的意義與價值，希望他迷途知返。在葬禮後，史泰德勒改變了過往的荒唐無知，建立正確的人生價值觀，讓自己懷抱希望，勇敢面對未來。

正值甘迺迪高中籌畫畢業公演，計畫演出音樂劇。在一個表演甄選會上，賀蘭老師遇到一位歌唱天分極高的學生——蘿薇娜．摩根（Rowena Morgan），她的音樂才氣令賀蘭老師驚艷不已，也令他陷入心靈的交戰。

賀蘭老師多年來沒有創作，規律安定的生活已經消磨掉他的靈感與創作的熱忱，如今又突發靈感，開始作曲，這是來自蘿薇娜的刺激。

蘿薇娜最大的願望是在眾人面前唱歌，成為鎂光燈前的焦點，因為她的父母開了一家餐館，希望她畢業後能繼承家業，但她不願意留在餐館，終其一生只能成為一名侍者，而是希望以自己的歌唱天賦，到大城市開創不一樣的人生。賀蘭老師慎重地給她建議，如果她有強烈的熱情與渴望，朝著自己心所嚮往的方向前進，不再顧及父母的期望，那就做自己的主人吧。

賀蘭老師與蘿薇娜私下互動相當熱絡，曖昧情愫逐漸滋長，而沉睡已久的創造力也被激發，他開始創作「蘿薇娜之歌」。

在首演《蓋西文（George Gershwin）》歌舞劇的休息片刻，蘿薇娜向賀蘭老師表達傾慕之意，甚至希望賀蘭老師隔天演唱會結束後，跟她一同遠走紐約發展，好好朝他們的理想前進。

賀蘭老師露出無奈的表情，鼓勵她以課業為重，不要著急出名，但蘿薇娜並沒有聽老師的話，堅持己見，認為如果賀蘭老師不能堅持自己的理想，那就前功盡棄了。

演唱會的當晚，蘿薇娜演唱了一首歌，歌詞訴說著一位追尋愛情的少女，她的聲音讓觀眾都深深陶醉在其中。此時，蘿薇娜已經產生了移情心理，她想像自己就是歌曲中那位對愛情充滿期待的少女。

這時，賀蘭老師的太太不經意地瞄了一眼節目單，正好看到「蘿薇娜」的名字，自覺到丈夫的細微變化，但她從頭到尾沒有挑明，也沒有戳破他，而是以柔靜的態度觀察這一切。

演唱會結束後，即使夜已深，路邊的候車亭只有蘿薇娜孤伶伶地等待賀蘭老師的到來。蘿薇娜看到賀蘭老師前來，卻又發現他沒帶行李，知道苗頭不對，臉上掛滿了失望又失落的表情。不久，蘿薇娜告別了賀蘭老師，搭著灰狗巴士離去。

賀蘭老師多年來面對平淡無味的家庭生活，但在與太太、兒子感情路上可能出現踰矩的關鍵時刻，仍基於道義懸崖勒馬，在最後關頭婉拒蘿薇娜的好意，展現出高度自制，是一份難能可貴的情操。

親子關係

當賀蘭老師跟高中軍樂隊參加社區嘉年華盛會遊行時，一輛消防車擦身而過，那刺耳的警笛聲，使得一旁參觀的小孩們因受到驚嚇而哭泣，連忙摀住耳朵，然而大約兩、三歲的柯爾卻平靜地睡在嬰兒車，賀蘭太太愈想愈不對勁，回家後用各種方法檢驗柯爾的聽力，他都沒有反應，後經檢查得知他有百分之九十的聽力喪失。

這情形對他們來說有如青天霹靂，因為賀蘭老師原本希望柯爾能完成自己未竟的事業，成為一位偉大的作曲家，但此刻卻無法接受柯爾有聽障的事實，他連這個願望都無法實現了。

自從賀蘭老師知道柯爾是聽障以後，他以更用心地投入教學與創作來逃避跟孩子的互動，對於學習手語也興趣缺缺，他讓太太承擔起照顧柯爾的全部責任。太太並不放棄柯爾，她盡最大的努力讓柯爾能使用手語、唇語跟一般人溝通。賀蘭老師與柯爾在無法溝通而造成多次誤會的情形下，太太只能扮演潤滑劑與和事佬的角色。

某次，小柯爾想拿廚房高架上的物品，由於無法表達，太太拿了幾次都不是他要的，他發怒地猛敲櫥櫃的門，賀蘭老師在旁見狀，責備他因學不會說話、讀唇語而無法溝通，太太很傷心地對丈夫咆哮：「我要與兒子說話！我要與兒子說話！」她一遍遍重複著。

柯爾念中學時，擁有細微的觀察能力，也愈來愈有主見。有一次從科博館回來，打手語跟賀蘭老師分享他有當太空人的夢想，但賀蘭老師不以為然，質疑柯爾的耳朵聽不到，如何當太空人？陪同柯爾的太太回覆賀蘭老師的問題，反問為何不去科博館接他們回來，賀蘭老師以忙著編《蓋西文》歌舞劇的管絃樂曲為藉口。太太聽了很不高興，累積心中多年的不滿脫口而出：「為何人家的兒子比自己的重要？」這是太太的不平之鳴，也是為柯爾叫屈的吶喊，覺得賀蘭老師在教職上盡責之餘，不能因此忽略家庭。如果賀蘭老師在家庭上一直灰心、失意，又採取漠然的態度，太太情何以堪？她必須獨自面對柯爾的特殊狀況，比一般母親付出更多愛心。她想，如果賀蘭老師肯多給予一絲安慰，也對兒子付出適度的關懷和教導，至少做太太的能感受到一點溫暖，不致如此孤單。

約翰．藍儂逝世的那天，全球樂迷都很不捨。賀蘭老師心情低落，拖著疲憊的身軀回家，經過家門口，柯爾正在修理汽車的引擎，賀蘭老師發現他的臉上有道傷痕，問怎麼一回事，他打手語回答：「這是在外面跟人打架弄傷的。」然後，柯爾很關心地問賀蘭老師為何特別沮喪，賀蘭老師的答覆是約翰．藍儂死了，他覺得解釋再多也沒用，所以很落寞地走入客廳。

此時，柯爾勃然大怒地走進來，他對於賀蘭老師對自己的不理不睬積怨已久，透過在一旁的母親幫忙「翻譯」，對賀蘭老師說：

「爸爸，你認為我不關心藍儂的死，認為我笨，我知道藍儂這個人。」

「你認為我沒有聽過披頭四，你以為我不關心你的嗜好。」

「你是我的爸爸，我懂音樂，你可以教我，可是你沒有。」

「你只願教別人，卻不願教我。」

在一次父子的激烈爭吵中，兒子的一句告白，徹底地瓦解舊有的隔閡，也重重地打擊著賀蘭老師，他這才驚覺自己一向對兒子的疏失，深深地體會到兒子的心靈世界。

在賀蘭老師的心中，柯爾終究是一棵需要保護的小樹，是禁不起風吹雨打，只想保護他，不讓他受傷而已！賀蘭老師從窗外觀察到，柯爾修理汽車時，用一根鐵棒連接著引擎與自己的耳朵，企圖感受到音波。

在柯爾就讀的啟聰學校體育館裡，賀蘭老師舉辦一場演奏會，管弦樂團大聲地演奏從《蓋西文》到披頭四的所有音樂，也架起電子燈光顯示和擴大器的組合平面，讓所有聽障者坐在最靠近舞臺的位置，並用隨著音樂強弱而變化的燈光來輔助他們感受音樂的震撼，透過邊唱歌、邊比手勢、邊讀唇語，他們也能感受得到美妙的音樂。

此外，賀蘭老師唱一首歌給柯爾，配合著生疏的手語和滿滿的父愛，希望能喚回自己對兒子起初的愛，讓自己跟太太、兒子長久以來僵化的關係冰釋前嫌。歌曲是如此唱著：

閉上雙眼，不要恐懼，妖怪走了，逃得遠遠，爹地在你身邊，可愛的，可愛的，可愛的，可愛的男孩

睡覺之前，向神祈禱，日日更新，愈來愈美好，可愛的，可愛的，可愛的男孩

渡過重洋，航向遠方。我迫不及待盼著你快快長大。我們都要耐心等候，前方的路還漫長，是條坎坷的路，但同時，在你橫越馬路前，請攜我同行。當你立下其他計畫時，人生就是你的一切境遇。可愛的，可愛的，可愛的男孩。可愛的，可愛的，美麗的柯爾

從此，柯爾開始跟著歌曲的節奏打拍子，更喜歡聽音樂的旋律。到最後，他成為一位受人歡迎的聽障老師。

在特殊教育中，每一位身心障礙者的家屬對身障者都有一份特殊的感情，尤其是父母親，也對身心障礙者付出更多的包容及關愛。再則，我們要放下長輩的姿態，平等與孩子溝通，主動交流，

認真傾聽，等孩子把話說完，再共同商量解決問題的辦法，讓孩子感受到被理解、被尊重與被接納，才能消除隔閡，敞開心胸。其實只要大家彼此多用心，相信會使家庭更融合，人生更美好。

感動滿滿的退休歡送會

美國的一九九〇年代，因教育當局刪減教育經費，藝術類課程被迫從學校課程撤除。在賀蘭老師和喜歡音樂的學生積極奔走下，依然改變不了既定的事實。

賀蘭老師質問自己的所作所為是否值得？而這些又會對學生有多大的影響？他對前來安慰的老友兼同事梅教練憤怒地說道：「比爾，我不是退休，而是被遺棄。說來好笑！當初，我被迫來教書；現在卻是一心一意地想教書；它成為我生活工作的重心，三十年來毫不間斷。本以為世界會因你而不同，以為別人會在乎；誰知黎明醒來，才發現自己錯了，被犧牲掉了。我真應該仰天長笑！」

賀蘭老師即將退休，學生對於他最後一天當「老師」的生涯，決定給他一個驚喜。所有他教過的學生，有的還是律師、民意代表、老師、工人、建築師、商人、會計師……全部回到母校。歡送會的場面溫馨感人，學生們的眼中泛著淚光，除一份恭喜之外，更有一份不捨之情。

史泰德勒也參加賀蘭老師的歡送會，他對賀蘭老師說：「這場盛會我絕不能錯過。」史泰德勒從賀蘭老師身上學習到遭遇挫折的處世哲學，知福惜福、飲水思源，以感恩的態度面對生命。

歡送會的最後，吹長笛的葛楚州長眼裡含著淚，代表受教學生表達對賀蘭老師的敬意與感恩之情，她說道：

「賀蘭老師對我一生影響深遠，更影響了許多人的一生。賀蘭老師或許自以為一生有大半歲月都虛擲了；他一直在創作交響樂曲，看似可能迅速成名或者致富，甚至名利雙收，可是賀蘭老師至今並不富有，也不出名；小鎮以外知道他的人也並不多。他可能因此認為自己失敗了；如果是這樣，那麼他就錯了；他的成就遠超乎名和利。環顧四周，沒有一個人不受你的影響，正因為有了你，我們才茁壯成為優秀的人才。賀蘭老師，我們是您的交響樂章；我們就是你作品中跳躍的旋律和音符，我們是你的生命樂章。」

此刻，淚眼模糊的賀蘭老師走向舞臺，很欣喜地接下葛楚州長遞給的指揮棒，開始指揮他嘔心瀝血的傑作「美國交響曲」，演奏彼此悲喜雜陳的生命樂章。

在這部影片裡，從賀蘭老師的身上，我們不僅看到理性與感性，看到愛的教育的魔力，也看到了一顆勇敢堅毅向上的心，在他的一生中影響了許多學生的生命；然而最大的改變是他自己。「教書」成為他終生的生命學習，讓他了解生命的意義。

心得和啟示

一、這部影片探討很多事物，是不可多得的一部片子。片中最令我印象深刻的是，賀蘭老師不放棄教導路易・羅素學習打鼓，讓我想起過去就讀國小時上音樂課程之經歷。

在彰化仁愛實驗學校國小部，每次上唱遊、音樂課程時，我因為聽力受限，既聽不懂老師講授的內容，對於旋律也完全無法體會，只能照著老師打拍子的手勢敲三角鐵。

後來，我轉學到中山國小啟聰班（我以三年級的身分轉入中山國小二年級就讀），有一次上唱遊課，陳正秋老師帶我們和五年級的學長、學姐合班上課，學長、學姐也都是聽障者，他們吹奏口風琴，我們則是敲打響板、三角鐵、小鼓。

這時，彭筱美老師在黑板上寫曲譜，並教我們一些簡單的節奏樂。一開始，負責主旋律的學長姐照著彭老師的板書吹奏口風琴，其他人同時跟著彭老師指揮的節拍，或敲或拍或打擊節奏，這堂合奏的音樂課真令我大開眼界！我藉由助聽器微微感受到那動聽的旋律，至今依舊銘刻我心版！

後來，我想起自己跟同學當年對音符不太熟悉，也無法感受到音樂的輕重快慢節拍，帶著疑惑請教彭老師，才了解學長姐雖然聽不見聲音，必須比一般人花上更多時間練習，用心來感受每一個節拍。他們雖然聽力受損，卻擁有敏銳的視覺觀察力，彼此察言觀色，便知道是否有人出錯，立刻修正缺失，這或許也可說是一種專注力訓練課程，也是一種團隊默契的展現。

從這次經驗中學到很多不一樣的東西，學長、學姐的努力和用心是我在面對生活中的一切時，必須牢記的錦囊妙計。

二、賀蘭老師和梅教練一起訓練軍樂隊的「協同教學法」，以及賀蘭老師輔導羅素參加軍樂隊的過程之「示範教學法」、對史泰德勒施以「生命教育」、舉辦音樂劇之「合作教學法」等等教法，顯示出教師進行教學規畫時，必須了解學生的需求與能力，另外搭配教學技巧與為學生著想，才能做適時的引導與協助。

三、每一個人對「成就」的定義不盡相同，賀蘭老師的成就在於用教育的策略來影響學生；而對我來說，「成功」是什麼呢？其實我也在尋找答案，但很肯定的是，光是物質生活的富裕並非絕對的成功，而是要在心靈上也達到滿足。至於該怎麼做呢？每個人都有自己的觀點與做法，也可以彼此互動達到互相學習的效果。

音樂與我

在生活中有許多促進生活樂趣的調味劑，或許是電影，或許是小說，或許是旅遊，但對於一個重度腦性痲痺兼聽語障的我來說，音樂在我的生活裡，扮演著紓解壓力的重要角色。隨著 MP3 隨身聽播放器的開啟，聆聽音符的躍動變得十分方便。每當這一刻，世界美得令我驚嘆。

就讀彰化中山國小三、四年級時，啟聰班的老師計畫讓我們參加彰化縣聲暉協進會舉辦的身心障礙學生舞蹈表演，並安排我們練習。上音樂課時，老師在黑板寫上歌詞：「兩隻老虎，兩隻老虎。跑得快，跑得快……」、「池塘的水滿了，雨也停了，田邊的稀泥裡到處是泥鰍……」，可是我們離錄音機太遠，只能聽到非常微弱的音樂，對於旋律無法完全體會，只能靠視覺來模仿老師的動作，更要記住每個拍子要做什麼動作，這樣努力不懈地練習，即使汗流浹背也不覺得累。

放學回到家，我想要聽童謠〈兩隻老虎〉這首歌，詢問爸爸有沒有錄音帶，他花了不少時間才找到了，隨即放給我聽。一打開隨身聽，聽著充滿動感的聲音，快樂多了，心情由陰轉晴。不過，演唱者唱歌的速度快一些，我的心裡一急，一邊看錄音帶附的歌詞，一邊跟著歌聲追歌詞。

我想，這些童謠伴我們度過了天真無邪的童年。在那段歲月中，我們哼唱著、嬉鬧著，如此地自然、美好；音樂化身為小精靈，陪著我們唱遊、歡笑，帶給童稚的我們一段鮮活的色彩。

升上五年級以後，由於老師針對我們提供補救教學，故此，許多藝能科和其他非主科的課程都被抽出來上正課；老師們希望能彌補我們因聽障所沒有學到的課業，以致於如潮水般波瀾不斷的作業與考試，逐漸淹沒了我與音樂相處的時間。

後來，大學一年級的手語課，照慣例都會分組進行期末表演，我們這組演出的手語歌是小虎隊的〈放心去飛〉，因為這次練習，才開始注意到歌詞中的節拍，體會音樂中傳達的情感。從此以後，我開始向學長借歌手的音樂光碟片，藉由演唱者的詮釋，聆聽歌曲美妙的旋律，不由自主地深深著迷，沉浸在音樂的國度，悠然神往、自得其樂。

音樂中旋律緩緩的流動，洗滌我的心靈，撫慰自己紊亂的心；有時奔馳狂放的音律，就像是整個人漫步在陽光下的田園一般，讓我的心雀躍了起來，即便是讀書累了或是情緒有所起伏，只要戴起耳機聽起 MP3 中的歌曲，就能把我的活力帶到巔峰，讓疲倦的身心頓時雲消霧散。

對我而言，人生中經歷的起伏與挫折，總是那麼刻骨銘心；但音樂，總讓我重新燃起生命的盼望與動力，永遠是伴我不離不棄的朋友。悲傷受挫時它安慰我、挑燈夜讀時它鼓勵我、學有進步時它讚美我、閉眼養神時它放鬆我。每一天，一路向前，我與我的音樂正在繼續歡唱、成長，共同躍過每個生命重要的關卡。

微笑天使特調秘方

微笑天使的聽力不便，以前在家裡聽錄音帶的歌曲、相聲、故事時，難以理解內容。因此，若你是微笑天使的家人，可以嘗試以下方式來協助：

一、跟著旋律或語音，用手指著事先尋找的歌詞和文本，讓微笑天使知道現在進行的內容和節奏。

二、相聲、故事：利用科技，將語音即時轉為文字，如：雅婷逐字稿、Google 即時轉錄等，家人在旁略為修正內容，讓微笑天使可以好好地欣賞口說藝術。

一份特別的禮物

每一個人的一生當中，常會收到別人精心準備的禮物。有形的禮物固然令人欣喜，無形的禮物更顯得珍貴，如親情、友情，或來自陌生人的關懷，這都是無價之寶。在我收到的各類禮物裡，我最喜歡的是一臺電子辭典，它對我而言有多層的意義。

記得這是二〇一三年暑假期間的事。我家的北面鄰居是兩棟學宿，專門出租給弘光科技大學和靜宜大學的學生，林老闆是大甲人，平時並不住這裡。為了處理每天的垃圾，林老闆為此煩心許久，他想以每天五十元的代價請房客（學生）代為處理，卻都無人願意接手。爸爸知道他的困擾後，二話不說就答應以每月六百元的工資代為處理每天的垃圾及資源回收。

有一天晚上，爸爸做完分類回收之後，拿了一臺已經壞掉的電子辭典給兩位未滿四歲的侄子玩。我看了這臺電子辭典，頗有似曾相識之感，腦海裡靈光一閃，立刻上去房間，花了二十分鐘找到相同的它，不自覺的，腦中零碎的記憶頓時組合為一段清晰的畫面。

念高中時，看到一些同學們使用電子辭典查英文單字，比起紙本的傳統辭典，不只檢索方便、迅速，字體也大了許多，令我心生羨慕。幾經思量後，不是考慮到價錢太貴，就是擔心被偷或是遺失等等問題，只好打消購買電子辭典的念頭，未曾把這件事告訴爸爸。

上大學後，課堂上更為廣泛地接觸到原文書，不得不隨身攜帶一本英文字典去上課，或是在圖書館念書時能夠隨手查英文單字，只不過原文書實在太厚太重，再多帶一本字典對於行動不便的我來說，實在諸多不便，更加深了想買電子辭典的念頭。

升大二的暑假，媽媽年輕時的好朋友——遠嫁美國夏威夷的梁伯雲阿姨回國探親。有一天，媽媽跟我約梁阿姨見面，梁阿姨很高興地對我說：「義宗，好久不見！你長高了！讀哪一所學校？」經由一旁的媽媽的協助，與她進行溝通，令她又驚又喜！她拿起紙筆跟我交談，寫了一段話：「義宗，我聽了你媽媽敘述你的求學經歷，真是很感動！儘管你的行動不便、聽力受損以及說話表達困難，但在爸媽的用心陪伴下，你憑著永不放棄的毅力，考上了臺中一中、師大特教系，你爸媽的這些辛勞都是值得的。」

聊完後，媽媽開車帶我及梁阿姨和姨丈去臺中新光三越百貨公司，經過販賣電子辭典的櫃臺時，我忍不住駐足觀看心中想買的電子辭典，服務人員過來講解功能，並詢問我要不要買，我沒有回覆她的問題，沒想到在旁的梁阿姨似乎知道我的想法，開口跟服務人員說：「來，我買下這一臺電子辭典給他當作禮物。」我打手語說：「阿姨，您不必買給我，讓您破費了。」她似乎了解我說什麼，說：「義宗，不必太客氣！如果遇到不懂的英文單字，可以隨時查電子辭典。我希望你在未來的日子裡繼續加油！」我聽了她的話，心中充滿著無限的感恩之情。

自從有了電子辭典以後，真的體驗到它攜帶方便的好處。它的功能齊全，每當我讀原文書時，不僅查詢單字方便（按鍵式查閱比翻閱紙本辭典，對我更方便多了），而且詞意、句意解釋非常豐富，更能加深我的理解，使我學習起來更有效率。

我一直珍藏這臺電子辭典，小心地保管、使用。雖然它隨處可見，但對我而言，梁阿姨了解我的需要，以及收到這份禮物時心中的喜悅，才是最重要的。雖然事隔多年，我在此還是想跟梁阿姨說：「阿姨，這臺電子辭典是我收到的最特別的禮物，永遠謝謝您！」

隨著年齡的增長，每當回想起這些往事，無論祝福與感恩，都是生命中美好的回憶。

論自助人助

（一九九八年第二次航海人員特考作文習作）

俗話說：「人必自助，而後人助。」自助與人助如車之兩輪、鳥之雙翼，兩者相輔相成。換句話說，要使人家來幫助自己，最要緊的還是自己先得自立自強。倘若跌倒了，自己不爬起來，難不成還等著別人來拉？一個人要想得到別人或老天爺的幫助，他必要先自我奮發、自我圖強；唯有自立自強、自我要求，老天爺才能助他一臂之力。

人生的道路並非是一條坦途，無法一路順風，而是崎嶇多荊的。我們遇到困難而無法自行解決時，就需要他人的幫助，有句俗話說：「天助人助。」凡事總要自己盡了力，到沒有辦法時，別人才會幫助你。如果我們什麼都不做，只是坐等別人來幫忙，別人會幫助你嗎？不會的，他人雖有憐憫之心，但必擇善而施予，我們要人幫助，就得使人覺得有幫助的價值，要去幫助一個自我放棄的人，有誰願意呢？

出身雲林貧困農家的鄭豐喜，因出世時就患有先天性下肢畸形症，只能靠爬行來移動。六歲時被送給賣藥的趙伯伯，跟著四處流浪，整天與猴子耍雜技供人觀賞，還要忍受別人的揶揄、欺凌，在他的童年裡不知流下多少辛酸淚。為了重返家門，他沿途爬行、吃草根、啃地瓜裹腹。待回到父母身邊，又欲避開旁人的訕笑與輕視的眼光，便獨居於田間草廬，每天與雞鴨為伍，過著幾近原始的生活。

九歲的他進入學校求學，靠著自強不息的毅力和不氣餒的奮鬥精神，在學業上力爭上游，取得了優異的成績。考上大學的那年暑假，幸得專門製造義肢的徐錦章先生免費替他裝了義肢，使他站了起來。換個角度來看，當我們身在危機時，看看鏡子裡的自己，只有鏡中的「你」才能幫你度過危機，不是嗎？

作家杏林子十二歲時罹患類風濕性關節炎後，被迫休學在家，靠著聽廣播和看書來充實自己，後來參加文壇函授學校苦練寫作。她媽媽知道她好學不倦，就到圖書館把她想看的書借回家來供她閱讀，奠定了她日後寫作的文學基礎。她先後出版三十多本散文集、傳記、小說和一套有聲書，多半以生活為主題，歌詠生命的喜樂。後來，她創辦伊甸基金會為身障朋友發聲。晚年，她在幾乎無法執筆的情況下，仍以口述方式寫作不輟，每天都在和病魔奮戰，她的堅強毅力與奮鬥事跡，正是自助人助的寫照。

綜觀上述，可見「自助而後人助」乃是顛撲不破的至理。在人生的旅程中，我們無法企望一帆風順，唯有本著自立自強的精神，才能得道多助，開創美滿璀璨的人生。

論樂觀的心情與進取的態度

（一九九九年年交通事業公路人員特考作文習作）

樂觀的心，使得人們看到美好的世界；進取的態度，激勵人們追求完美的境界，兩者皆是人生必備的基本要件。做為一個快樂的現代人，必須具有這兩種特質，才能實現理想，突破困境，創造人生，勇敢邁向積極的生命旅程。如果缺少了這兩種特質，輕則苟且散漫，在工作崗位上無法突破；重則悲觀面對人生，面對困頓時一蹶不振，無法實現自我，更遑論成功的人生。

美國「少年天使」肯尼一出生就因為身體畸形，不得已切斷雙腿，後又發現切口的根部被癌細胞侵入，所以醫生決定將他腰部以下的身體全部切除。之後，在家人的協助下，肯尼向自己的生命挑戰，拚命學習，使得自己日漸獨立，能跟常人一樣上學，也可以用雙手「走」遍天下，甚至還能邋鞦韆、溜滑板、上木工課等等。他這種堅強而不向命運屈服，勇敢地接受不幸的事實，進而以正面的想法克服心理和生理的重重障礙，正是積極樂觀的展現。

一般人對於自己身體的殘缺難免會產生自怨自艾的心理，甚至產生自卑感，不敢與人接觸，就怕接觸到別人異樣的眼光，但肯尼一直以開朗的態度面對外面的世界。一開始大家會用驚異的眼光看待肯尼，但肯尼的開朗與大方，化解了他們的疑懼。他的親切笑容、善良心地和堅強勇氣，就像天使般傳遍全世界，讓大家都替他的努力奮鬥感動不已。

反觀今日社會上，有些人事事悲觀、自暴自棄，稍遇挫折便無法從自身困境解脫，更影響身旁人的心情。社會新聞經常讀到的，一個酗酒的父親已經很糟糕，還動手毆打妻小，致使妻小受驚害怕，輕者一家生活陷入困境，重者家破人亡，導致許多家庭不幸。又如，許多身強體壯的年輕人，仗勢著自己擁有大好的青春歲月，整天無所事事、不務正業、鬧事、飆車、打架，對他們而言，生命就是一片虛無。老子說：「飄風不終朝，驟雨不終日。」就是告訴世人，天下沒有度不了的難關，沒有落不停的暴雨，只要能在低潮時，以樂觀、進取面對自己，幫自己打氣，儘管山窮水盡，終必柳暗花明，迎來亮麗的陽光。

人生在世不可能一帆風順，天空有烏雲密布時，大海也會遇到驚濤駭浪，只要能以樂觀的心情，鼓舞自己以進取態度勇往直前，抱著「生活的陰影只是一時的，快樂的陽光必將在山谷的另一端出現」，那麼絕對看得到璀璨的生命花朵。

人間有愛

在早期，大家的生活普遍清苦，後來隨著工業發達，經濟起飛，物質生活提升了不少。可是這世界總是無法完美的，在社會的底層也有不少不幸的人存在。

首先，社會上有許多因為各種原因過著三餐不繼、孤苦無依的孤兒，他們無法擁有成長階段應有的愛與溫暖。但幸而有社福團體，例如家扶中心、愛心之家等等，使得這些孤兒的生活獲得寄託，也給他們有受教育的機會；同時有許多熱心公益的人士經濟支援，協助孤兒長大後能自立生活。

再則，在社會上，我們見過周遭有人因小兒麻痺、腦性麻痺等等因素導致行動不便；有人因視覺神經受損，看不到外界的景象；有人因語言功能發生障礙，無法用正確的語音跟人說話、溝通；有人因聽覺神經受損，聽不見外界的聲音。這些人雖想謀職卻阻礙重重，出門又處處招來別人憐憫或厭惡的目光，只好在家裡過著孤獨的生活，但這不完全是自己的錯。

還好社會處處有陽光，不少社福基金會基於愛心，專為這些身障者服務，為他們安排一個適當的工作機會，並且鼓勵、協助他們，使他們勇敢地面對現實，不再畏縮。這些社福基金會的善舉，不僅溫暖了身心障礙者的心，更喚起了社會上每個人的愛心。

另外，社會上有許多貧苦無依的老人，他們都有生活上的困難，急需別人伸出援手。當人們在衣食豐裕之際，曾否想到仍有老人在忍受風寒飢餓？分一點溫暖給他們，發揮「人飢己飢，人溺己溺」的精神，社會必將變得更溫馨。付出關懷，前往老人的獨居家宅探訪慰問，清理家園，給予鼓勵，或將較舊的衣服，有小瑕疵而欲丟掉的棉被寄送給他們，同樣是一種愛心的體現，這些善行都可溫暖他們的心靈，在他們孤苦無助之際，點亮一盞希望的火炬。

記不得是哪一天了，我翻閱著當天的報紙，目光偶然地落到了一位趙文正爺爺故事的版面上。報導裡敘述趙爺爺小時候家貧，有一頓、沒一頓地過苦日子，每次學費更是全班最後一個繳的，幾乎可說是生活在被陽光遺忘的世界裡。在刻苦的挨餓日子裡，他立下決心，日後若有能力，要幫助其他小孩。從三十五歲展開「公益生活」，每天早上到工廠擔任清潔工，下班後騎著機車到處做資源回收；不論是瓶瓶罐罐、紙箱，甚至一小疊紙張，統統帶回家整理再回收。為了讓被資助的孩子能受教育、過好日子，每個月的薪資加上資源回收賺來的錢，捐出四分之三的收入給家扶中心、育幼院等慈善單位，做得多就捐得多。如此地無怨無悔、默默地奉獻愛心，真是一位值得尊敬的長輩。從這一則報導中，我們可以看見人世間處處充滿愛和溫情，只要有心，就讓人感受到溫暖。

大學三年級下學期在臺北啟智學校實習，我跟一位主修國文、輔修特教的李俊德學長分到趙麗君老師的班級。每禮拜一的實習課完畢，李學長為了瞭解學生的身心狀況、學習情形，都會留下來跟趙老師討論教學問題，交換教學意見；我在旁觀察學生吃午飯的情形，一些多重障礙或是智能不足的學生都有吞嚥上的困難，兩位任課老師不忘準備料理剪刀，將雞腿、魚排及配菜細心剪碎，方便學生進食。看著兩位老師的細心幫忙，內心湧起一股溫馨的暖流，直入心扉。只要用心觀察，必能發現在冷冽的灰色世界中，散發著溫暖的光芒。總有人會記得，那些細膩的小動作，終究可以轉化成愛與關懷，以及溫暖，如同海倫・凱勒說：「請你把燈抬高，好照亮後面的人。」的確，我們不該把愛心收藏起來，懷抱「人饑己饑，人溺己溺」的心理，非常自然，不必遲疑，馬上伸出援手去扶助別人吧，這樣我們的社會就會更和諧、更美好。

若不是人間有愛，這世界早是一片死寂；若不是人間有愛，花草、樹木以及萬物都會停止成長。正是因為人間有愛，這世界才會生生不息，一片光明祥和，所以，就讓愛的光輝永照大地吧！

擁抱生命中的每一分鐘，彩繪理想中的每一筆絢爛

（二〇〇七年普考作文習作）

人生的旅程不管是長是短，最重要的是如何讓自己活出精彩，活得有意義。若是每日宛如行屍走肉，那麼再長的生命都只是苟活；反之，如果能好好珍惜生命中的每一天，將日子過得精彩有意義，那麼即使短暫，最終也能無悔。

天生萬物，看似不齊，卻又賦予各自的生存之道。有人含著金湯匙出生，有人生下來就不完美，或者是耳聾眼盲，或者缺手斷腳，從小就要面對殘酷的命運，就在憂患重重的歲月中，接受種種考驗，進而培養堅決勇敢、奮勉不輟的毅力，最後開拓出一片燦爛的生命花園。以口足畫家楊恩典為例，她出生時先天沒有雙臂、右腳也嚴重畸形，被親生父母丟棄在熙來攘往的岡山市場的攤架上，幸被好心的楊牧師夫婦抱回六龜孤兒院養育，最終才開出生命的花朵。

每一個嬰兒都是父母親心中的至寶，回想剛學走路時，哪一個不是父母親一步一步地陪著，小心翼翼地牽著雙手練習行走，但楊恩典是自己靠著牆，一個人跌跌撞撞地往前走，跌倒了也只能忍痛貼著牆壁爬起來。一般人考試時，總是時間一到就可以交卷，但她得依靠雙腳寫字，因此要花好

幾倍的時間才能完成，可是她沒有因此放棄學習，這種努力不懈的精神與堅定不拔的毅力，深深地烙印在許多人的心中。

楊恩典試著用腳處理生活瑣事，不論是刷牙、洗臉，還是吃飯。此外，她利用彈鋼琴來訓練腳趾的力道及靈活度。別人輕易學會的生活瑣事，恩典卻得花費更多時間、心力才能完成。在充滿愛的環境中成長，她認為自己除了沒有雙手之外，其他和一般人都一樣，也就是有了這種正向的思維，她才能認真地學習，用毅力克服天生的殘缺，成為知名的口足畫家。

由這個例子可以知道，人生的價值觀在於自己的創造，所以我們要懂得讓自己的生命不斷向上、向美好的方向開拓與發展，如同種子為了發芽，總能找到石頭縫隙中僅有的一點泥沙，奮力生存，長出新葉。

老子說：「驟雨不終朝。」就是告訴世人，天下沒有過不了的難關，沒有落不停的雨，雖然處在低潮時，只要能以樂觀、積極面對自己，幫自己打氣、鼓勵，絕不對人生抱持悲觀的想法，便能讓自己的日子過得多采多姿。

在人生道路上，除了自強前進，我們不必怨天尤人，要知福、惜福，努力地開創自己的未來，用心地規畫，擁抱生命中的每一分鐘，方能彩繪理想中的每一筆絢爛。

我的自畫像

（二〇〇九年身心障礙特考四等作文習作）

整理房間時，偶然間看見一幅塵封在角落的自畫像，這是高一美術課的作業，忍不住對著這幅畫作細細端詳。記得那時候才剛結束每天只有「聯考、推甄」的國中階段，進入高中後，暫時恢復正常的學習生活，美術課對我是既新奇又陌生的一堂課。

我拿起畫筆，一邊看著國中畢業前拍的大頭照，一邊在素描本一筆一筆地描繪，認真地畫出屬於自己的畫像，經過程錫牙老師將近一學期的指導，我開始有一些比較成熟的線條。畫中的我有一頭黑髮，因為太陽曬的關係，走路不方便的我時常流汗浹背，也沒有保護耳朵上的助聽器；有一雙看起來很有神采的眼睛，雖然經歷國中三年的苦讀，但沒有近視；由於不習慣鎂光燈的照射，加上肢體協調欠佳，所以拍攝出來，頭部有點兒偏斜；青澀的臉上展露出陽光般燦爛的笑容。我想，這是我長相的特色。

我住在沙鹿，小學時就讀於彰化市中山國小啟聰班，畢業時，班上只有我一人到臺中市向上國中就讀。升國一暑期輔導的第一天，七點十分到校後，發現啟聰班教室還沒開門，就在教室外跟著同學們等待老師的到來。

一開始，看著同學們透過熟練的手語聊天，有說有笑，不自覺也想加入其中，卻發現一位正在跟學長說話的同學，對於我這個多重障礙的腦性麻痺患者的外在感到不屑，似乎不高興我來到班上，因此我整天不敢轉頭去看他，下了課，選擇一個人呆呆地坐著，不敢任意行動，這情景就如同小學轉學的狀況一樣。

後來第二節下課，梁嘉明老師發現到我一直呆坐著，提醒我多跟同學們互動，但她並未察覺那位同學排斥我的情形；這時，鄰座的謝羿玟同學看到老師跟我說話後，鼓勵我要勇敢，主動跟同學聊天，孤立的狀況才得以改善。之後，學習的路上，經過許多師長與同學的鼓勵，才有今日活潑、開朗的我。

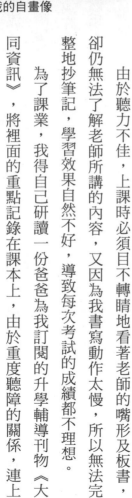

從幼稚園、國小到國中，總共十二年的時間（小學三年級轉學時從二年級讀起），我在啟聰班就讀，上課時只靠讀唇來學習，效果自然是很差的，但是再苦都不會比上了高中苦！高中聯考考上臺中一中，在「回歸主流」的教育口號下，我被分配在普通班就讀，從此面對一連串的考驗與挑戰。

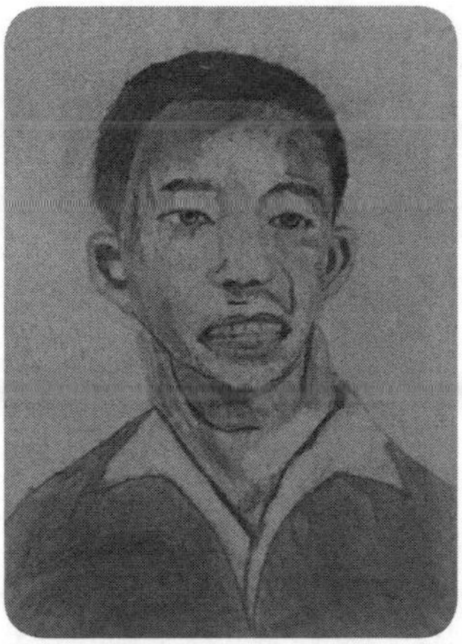

◆ 我的自畫像

由於聽力不佳，上課時必須目不轉睛地看著老師的嘴形及板書，卻仍無法了解老師所講的內容，又因為我書寫動作太慢，所以無法完整地抄筆記，學習效果自然不好，導致每次考試的成績都不理想。

為了課業，我得自己研讀一份爸爸為我訂閱的升學輔導刊物《大同資訊》，將裡面的重點記錄在課本上，由於重度聽障的關係，連上補習班都是奢想哪！也因此我花費的時間和精力，雖然比起其他同學們多了好幾倍，但是效果仍不及他們的一半。

回想起來，「回歸主流」雖是特教的一項美意，但其設計應該只適用於單項且輕度障礙者，對於我這樣多重又是重度的障礙者，其效果是要大打折扣的。

身為多重障礙者，或許是因為經歷這一路學習以來的困難與考驗，讓我深深體悟到「教師角色」的重要性，也讓我燃起了「當個好老師」的信念。然而，讀大學的時候，由於口語無法清晰表達，限制了我與旁人正常溝通，再加上生活上種種的阻力，一點一滴地磨去了當初的耐心與熱忱，讓我開始懷疑自己是否有能力勝任教師一職，對於原本的信念也漸漸失去堅持。

畢業後，準備國家考試的期間，甚至一度遺忘了投入教育工作所抱持的初衷，回顧起來真是覺得汗顏。所幸這幾年在大學教授洪儷瑜老師的鼓勵下，我將自己的求學經歷整理出來，希望藉由我成長的心路歷程，讓從事教育工作者，以及關懷身心障礙者的家長及朋友們，認識一個多重障礙孩子的心境，所以才有《陽光的微笑》的出版，並因而受到許多學校的邀請，在一場一場的演講中，與更多的同學們分享自己的成長故事。來自各方讀者的回饋，與演講時臺下的學生的回應，點點滴滴累積成我堅持走下去的一股能量，讓我能繼續投入特殊教育、社會教育服務，也間接找回了「當個好老師」的初心。

離開學校多年，與社會接觸更多後，才發現其實每一個人都有一張屬於自己的畫像，這其中也有別人瞭解或不瞭解的面貌。所謂「自畫像」，一般人或許只在意外貌的輪廓，其實更重要的是能在筆觸間展現內在的特質，所以無論如何都要時時充實自己的內涵，而不是只在意外在的容貌。

形體有限，心靈無限

（二〇一〇年身心障礙特考四等作文習作）

人出生即有各種限制條件，如智愚、壽夭、高矮、胖瘦、美醜等，因為這些條件，人們會做各種努力，扭轉條件，卻不知這些限制有時是操之在天，有時半點不由人；真正能將有限化為無限的關鍵不在形體，而是「心靈」。「心靈」是自由的，可超越形體的侷限，且操之在我。唯有豐富自己的心靈，並突破形體的限制，才能為生命創造無限可能。

《用腳飛翔的女孩》作者蓮娜．瑪莉亞，出生於瑞典。她一生出來便沒有雙手，左腿畸形，只有右腿的一半長。可是她的父母卻不曾嫌棄她，而是耐心地陪伴她成長。

雖然蓮娜．瑪莉亞的形體與生俱來就殘缺不全，但是她才華洋溢，無論什麼事情都努力去做，例如：學游泳、用腳拿針刺繡、學開車而順利拿到駕照等等，只靠著一隻「萬能的腳」及一些輔助工具，便能像一般人一樣處理生活中瑣碎的事務，後來甚至進入瑞典國家代表隊，參加世界冠軍盃游泳比賽，打破世界紀錄，並獲得多項獎牌，其中蝶式更是她最拿手的項目。

自小愛唱歌的蓮娜．瑪莉亞有歌唱的天賦，努力追求自己內心所喜愛的事情，勇敢去做。就讀音樂學校時，盡力學習黑人靈魂音樂，在音樂歌唱界也小有名氣，許多人都為她的歌聲陶醉，最後成為一位國際知名的音樂家，經常帶著樂團巡迴演唱，傳播福音。

蓮娜．瑪莉亞的心靈健康，甚至勝過不少四肢健全的人，她以微笑看待世界，以開朗樂觀的態度來擁抱自己的人生，不致因此哀憐不滿、消極悲觀。她曾說：「沒有誰的人生是無風無雨的，但我相信人們都了解，為人的價值首先就得通過層層的困難、考驗。」孟子說：「天將降大任於斯人也，必先苦其心志，勞其筋骨，餓其體膚，空乏其身。」蓮娜．瑪莉亞的一生，便是這樣的寫照。

以我個人而論，我的行動不便，也聽不到別人說話的聲音，一直以來只能靠著家人、老師、同學與朋友的幫助，極盡辛苦地學習，在人生的道路上艱苦前行時，常有喪氣失望的時候，蓮娜．瑪莉亞的堅毅精神總是適時地鼓舞我、激勵我，讓我不斷砥礪自己，希望以後天的努力彌補先天的不足，強化自己的信心，去突破眼前形體的限制。

常言道：「人生是海洋，信心是水手的槳，它是人們在暴風雨中前進的力量。」沒有信心，任何一個小小風浪都會使自己在水中翻船，甚至隨時一個大浪都可能讓人沒頂。所以人生唯有不斷增強信心的勇氣，沉著面對阻擋前往人生目標的高牆，才能主宰自己的命運，為自己開創更美好的新天地。

俗話說：「一枝草，一點露。」天生萬物看似不齊，但卻賦予萬物各自的生存之道。形體的限制不足以影響心靈的發展，只要持續地努力，不懈地奮鬥，必能為生命增添一抹繽紛。

一則新聞的啟示

你一早起床後會做些什麼事？相信每天必定會翻閱當日的報紙吧！某日，一則新聞令我印象深刻，有四位青少年搭乘捷運時，無視旁邊尚有許多空位，逕行在博愛座上嬉鬧，並故意模仿身障者的一些動作，如：吐舌、眼歪嘴斜、抖手等等。這樣的行為，各相關人士是否都注意到呢？這些青少年們無法將心比心、設身處地體會身障者的處境以及感受，讓人感到難過與痛心。「只要我喜歡，有什麼不可以」這句廣告詞一直深植在年輕人的思維中，師長與長輩們若不給予糾正，這些青少年日後的言行可能會帶來嚴重的後果。

身心障礙者的成長歷程及求學、工作經歷，可能是青少年們未曾有過的經驗吧！在社會上，我們見過周遭的人，有人看不見世上的一切景物，因為他的視覺神經受損了；有人聽不見外界的一切聲音，因為他的聽覺神經受損了；也有人行動不方便，因為他的肢體受損或者動作協調方面有困難。這些人都屬於「身心障礙者」，有些人障礙的程度輕微，有些人則是比較嚴重。比起一般正常人，身心障礙者在求學、就業、生活或者婚姻各方面，都有某種程度的不便。

對我個人而言，打從出生以後，我就不幸罹患腦性麻痺。我的肢體協調相當差，行動十分不便。在我的記憶裡，直到六歲以前，我還無法站立，甚至連坐穩都不行，只要爸媽一放手，我的身子就往後仰。我的語言發展也受到嚴重的損害，語言構音不清楚，我雖然也在爸媽和老師的指導下，學會注音符號和拼音，但是我一發音，卻無人能懂。有時費了九牛二虎之力說了一句話，別人仍是「莫宰羊」，這不但對溝通有很大的障礙，對我的學習更是一大致命傷！

小學、國中時期，我都就讀啟聰班，靠讀唇來學習，班上的同學們也是重度聽障者。由於受限於聽力的損失，老師在課堂上講話速度放慢，得同時使用實物、例子、板書來進行教學，讓我們能夠沒有負擔地跟上進度。不過，高中聯考考上臺中一中，在「回歸主流」的教育口號下，我被分配在普通班就讀。由於聽力不佳，我讀得比一般同學更辛苦，上課時只能靠讀唇的方式來接收老師傳達的訊息，學習效果自然不好，導致每次考試的成績都很不理想。我已經盡了極大的努力，知道無論讀書也好，做事也好，必須靠著自己的堅持，走好自己的路，確立自己的目標，才能走得既穩又久，逐漸地走向成功的彼岸。

不管遭遇多大的困難與挫折，我抱持著樂觀奮鬥的態度和積極進取的精神，不怨天尤人，勇敢地走好人生每一步，微笑著面對生活的每一天，活出自己的精彩！

有一次，我收到一位親戚的信，打開PPT投影片檔案看心路基金會的故事，那是個幾乎被陽光遺忘的世界。沒有任何人願意天生殘缺，更沒有任何人希望自己智能不足，但他們遭遇到此不幸，需要人們伸出溫暖的雙手，和多一份愛的鼓勵，「心路基金會」的成立，使得這些身障者的生活有了些許的改善，同時給他們教育的機會。現在社會上有許多熱心公益的人士，也正在捐錢，來協助每位身障者維持生計。

記得大學二年級時，我跟一位同學在義光育幼院做志工服務，那裡的孤兒大部分都是五官不全、肢體殘缺的。當我走過他們的身邊時，他們都以好奇的眼光看著我。有個孩子還用一隻小手拉住我的褲子，東摸摸、西看看的，我忍不住蹲下來，逗逗他。那一張本來沒有笑容的臉，終於被我逗笑了。這時，我才發現，他們多麼需要人們伸出溫暖的雙手，和多一份愛的鼓勵。

我希望青少年們體會身心障礙者在生活上所遇到之不便，明白生命的可貴，珍惜現在所擁有的一切，學會讓自己擁有一顆善解人意的心，將心比心，讓這個社會充滿純真無私而有感染力的大愛吧！

想要滌淨社會，改變他人，必須要大眾一起進行。「思考的價值是無可取代的」，每一則新聞，給了我不同的啟示和思考空間，我因啟示而成長，因思考而領悟。

無聲變有聲

每一天，總有各種各樣的聲音圍繞著我們：孩子的歡笑聲、和朋友的聊天、鳥兒的鳴叫，或是電腦、電視臺播放的優美歌曲——這使人們的生活變得更豐富多彩。但是對於聽障人士而言，事情可就不是那麼簡單了，像是日常生活裡與人溝通，別人從背後的叫喊、嬰兒哭叫聲、蚊子嗡嗡聲、電水壺鳴笛聲，接聽門鈴聲或電話鈴聲……，都成為一個大困擾。

我是一個重度的先天性多重障礙者，障礙的範圍主要表現在三方面，一是肢體障礙所造成的平衡不佳，日常行動如行走、運動、操作……各方面都倍感困難。其次是聽力和語言的障礙，在學習的過程中，我聽不到師長在課堂上講授的內容，也無法與人用語言做即時溝通，因為先天構音不全，我說的話，別人也聽不懂。

幼年時，爸媽曾帶我到醫院做聽力檢查，結果都是令人失望。幾次檢查的結果，醫生確認我的左耳損失八十五分貝，右耳損失九十分貝。但是說也奇怪，聽爸爸說，在我三、四歲時，那一年的除夕，全家人正在吃年夜飯，外面小巷突然發出鄰居老翁放鞭炮的一聲巨響，我那時坐在媽媽身邊，雖背對著外面，仍被嚇了一大跳，身子不自覺震了一下，全家人真是既驚又喜，以為我有聽力了。只是從小到大，歷經求學階段（幼稚園到大學畢業，總共十九年），直到現在，雖然我也戴了助聽器，卻難以辨認他人傳達的聲音。

記得小時候，爸爸常帶我到離住家不遠的馬路邊，我們父子倆坐在樹下的大石頭上，一輛輛的車子從眼前疾駛而過，幾次之後，我似乎能從路面的震動，微微感應到耳中有不同的音波震動，我漸漸可以分辨大卡車、小轎車、計程車、摩托車的不同聲音，在我說來，那是很微妙而令人喜悅的體驗。

有一天晚上，我忘了有沒有戴助聽器，但感覺有一個聲音從隔壁傳來，我知道那是送貨員滾動瓦斯桶的聲音（因為在我家裡也曾聽過），於是我用雙手學著送貨員滾動瓦斯桶的動作，爸媽看了很高興，因為他們知道我能夠隔著牆壁「感應」到正確的聲音，那次確實是隔壁叫瓦斯的聲音呀。過去瓦斯送貨員通常是抓著瓦斯桶在地上斜斜滾動前進，現在他們通常扛在肩上大步行走，動作比較快。

後來，念小學時，有幾次假日，我沒戴助聽器，卻隱約聽到某種聲音，詢問爸爸，他模擬了各種聲音和動作讓我明白，例如空中的飛機聲、戶外的狗叫聲、雨天的雷聲、馬路上的飆車聲等等，我對外界的聲音有了不同的感受，也逐漸對周遭的聲音表現出興趣。

至於家裡的電話鈴聲、疾駛而過的救護車發出的喔咿喔伊聲，我戴助聽器時，感受到微弱的聲音；沒戴就聽不到。

有一件事最令我印象深刻，那是在高中一年級時，有一個禮拜五下午的週會課，我跟兩位同是聽障的學長、同學在資源教室自習。此時，我突然聽到幾聲微弱的電話鈴聲響起，我左看右看，卻發現老師們都不在場，約一分鐘後，鈴聲停了，隨後又響了兩、三次，我不知道該怎麼辦，心裡想著來電者找不到人，不禁在心裡喃喃自語：「老師，我知道您找這裡的老師，但我們三人都有聽障，且口語表達不清晰，既不能聽、也不能講，無法幫上忙，真是對不起！」

不久，特教實習的謝秀圓老師回來了，我把我們不能接聽電話的情形告訴她，她耐心地教我如何轉接電話。後來有一天，謝老師到輔導室開會時，電話鈴聲又響起了，我顫顫巍巍地走過去，接了電話，先按轉接鍵，再撥分機號碼，將電話轉到輔導室。雖然完成了轉接的流程，我還是有點不放心，不知道電話是否順利轉到老師那兒，直到老師開完會回來，我問她是否接到電話？她打手語說：「有！謝謝你！」我才放下心來。

對於正常人來說，接收外界的聲音是再稀鬆不過了，但對於一個重度聽障如我者，自幼及長所經歷的那段無聲的世界，就像置身於漆黑的隧道裡，曾經伸手不見五指，然而在不斷地探索與學習的歷程中，如今我有幸見到了一絲微弱的光，雖然只是那麼一丁點兒，但也給了我莫大的信心，鼓舞我繼續向前追尋。

帽子歌后

在臺灣歌壇上，曾有一位歌手在登臺演出時，會根據歌曲的特性以及舞臺布置搭配適合的帽子，在臺上唱出一首首動人心弦的歌曲，這位歌手被稱為「帽子歌后」，她就是「鳳飛飛」。

二〇一一年的夏季，鳳飛飛原定舉辦兩場個人演唱會，但因為在籌備期間發現聲帶有異物而延期，並於休養治療時發現罹患肺腺癌影響到聲帶，於是被迫取消演唱會，漸漸從舞臺淡出。隔年二月，她的香港律師在媒體公布一則訊息：「鳳飛飛於上月初因肺腺癌辭世，已辦妥後事。」這突如其來的噩耗，猶如青天霹靂，讓歌迷們情何以堪！「秘不發喪」的作法，一如這位國民天后生前的低調作風，她對粉絲、歌迷的體貼，教人對她更加懷念。三十歲以前的我，因重度聽障及全神貫注在求學，未能細心聆賞鳳飛飛的音樂，也鮮少看過她主持節目的風采，成了最遺憾的事。

從媒體一路的報導來看，鳳飛飛出生於桃園大溪，成名後以「鄰家女孩」姿態站上舞臺，縱使不幸離開人世，仍給無數粉絲們留下「鄰家姐妹」的形象，她的一生行事嚴謹、努力，自重自愛，以清純路線竄紅於演藝界，幾乎與緋聞、是非絕緣。做為一位公眾人物的藝人，除了臺上的表現外，本身品德與道德操守也是相當重要，她的演藝風格與個人形象給社會帶來正面的影響，值得肯定。

上網搜尋鳳飛飛的影音作品，得知她唱紅的歌曲不可勝數，如：〈好好愛我〉、〈流水年華〉、〈揮別〉、〈掌聲響起〉、〈祝你幸福〉、〈溫暖的冬天〉、〈想要跟你飛〉等等，每一首都令人百聽不厭。

由於聽力不佳，我通常是透過耳機從電腦上欣賞鳳飛飛的歌，不過即使 Youtube 視頻有字幕同步顯現的功能，使我比較方便了解她演唱的內容和節拍的進行，但僅能透過音波震動來感受樂音的旋律，至於演唱者的正確發音只能從字幕得知。茲舉三首她的歌為例：

一、**流水年華**：鳳飛飛以樂觀向上的輕快風格詮釋，使這首歌有了不同的生命力。這首歌讓人覺得格外親切，她的歌永遠伴著我們成長中的點點滴滴。

二、**掌聲響起**：這是鳳飛飛的經典歌曲之一，也被認為是她上千首歌曲中的翹楚之作。她每次現場唱這首歌，眼眶都泛著淚，可以想見這首歌十足地反映了她步入歌壇後，一路成長到深受歌迷們愛戴的心路歷程。

三、**想要跟你飛**：這是鳳飛飛對亡夫的紀念之作，當然最後也成為她的遺作。每每聽到這首歌，淚水就不自覺地落下！歌詞的其中一句：「你那裡需不需要有人陪，你收不收得到我的思念？」字字句句流露出對亡夫的不捨與思念。

鳳飛飛出道極早，以一生的努力、感性、瀟灑和溫暖，帶給廣大歌迷的感動和幸福，是當時藝人中鮮少的特例，每當我聆聽她的歌時，也充分地感受到那份心靈的悸動。

第4章 附錄

開啟我的寫作之窗

（二〇一三年九月二十二日／聯合報繽紛版／陳義宗）

我是腦性痲痺患者，除了肢體障礙，也有溝通和聽力上的限制，從而影響自己的寫作能力。記得大三下學期時，我找導師胡心慈教授談話，一路下來我都是以筆談代替口談。老師告訴我：「我以前是教國文，我發現你的報告和考試都寫不好，文句也是不太通順，所以你有空練習寫作文給我批改，好嗎？」我的心裡明明很高興，但又擔心老師是否在批評我的寫作能力不好，加上沒有信心，所以婉謝她的好意。

後來大四上學期開學，我收起無謂的擔心，提起勇氣問老師：「我的作文可以請您批改嗎？」她微笑地點頭答應了。每個週日，我認真地寫作文，用 E-mail 寄給老師。過了一週，老師拿她批改好的作文給我看，我發現老師細心地註記意見，針對我寫作上的問題提出建議，例如：文章結構要有「起、承、轉、合」，文句不通順必須改正，贅詞要刪之以求精練……，這些種種，促使我在寫作上進步。除此之外，老師希望我要好好做工作前的心理建設與準備，練習跟別人溝通，以免未來遭遇更大的挫折與打擊。

為了報考國家考試，從大學畢業後，我每日皆練習作文、寫日記與嘗試撰寫閱報心得。至今，我的寫作成績雖不理想，但我還是想跟最敬愛的導師說一聲：「老師，感謝您開啟我的寫作之窗！」

腦麻博士孫嘉粱

（二〇一三年十月六日／聯合報繽紛版／陳義宗）

升國二的暑假，翻閱報紙時，目光偶然落到了「孫嘉粱以北區高中聯考榜首考上建中」的頭版大標題，細細閱讀他的成長故事，讓我非常感動。

報導敘述身為腦性麻痺患者的孫嘉粱，雖然肢體扭曲，無法像一般人一樣行動自如，語言方面也有表達困難、不容易讓對方理解的溝通障礙，但他很用功，不但是高中聯考榜首，就讀臺大資工系、臺大數學所也都以第一名畢業，後來還考取公費留學，拿到美國數學博士學位。

他那堅持努力的精神非常值得學習，同時樹立了殘而不廢的典範，也激勵了我，讓我有自信可以突破人生困境。我也是個腦性麻痺患者，在溝通和聽力上的限制，讓我只能靠著家人、老師、同學與朋友的幫助，辛苦地學習，在人生的道路上慢慢前行。當我喪氣、失望時，孫嘉粱博士的精神總是能適時鼓舞我，讓我在面臨困境時能更加努力，相信自己能夠開拓出屬於自己的道路。

腦麻博士孫嘉粱的奮鬥事蹟已成為我的偶像，他讓我相信：不管遇到任何困難，恆心與毅力能如滴水穿石，再大的困難和阻礙都能突破。

腦麻作家抒寫求學路　勇敢面對挫折人生

（二〇一七年九月二十八日　臺灣師大新聞校園記者特教一〇六級蔡靖妏）

新聞來源：https://pr.ntnu.edu.tw/news/index.php?mode=data&id=17004

作家陳義宗九月二十七日在師大特一一四演講廳舉辦新書「陽光的微笑」分享會，罹患腦性麻痺又是重度聽覺障礙的他，將求學以來的心路歷程出版成書，不但開創人生目標，也為臺灣身心障礙學生與特殊教育發聲。他說，雖然人生由無數挫折堆砌而成，但鼓勵自己勇敢、微笑面對。

「被同學欺負、被老師否定的記憶，都深深烙印在腦海，午夜夢迴時反覆折磨著我」，陳義宗是師大特教系九四級校友，因腦性麻痺加上聽力損失，使他除了行動不便，更無法清楚聽取外界聲音、用口語流暢表達想法，形成求學、與人溝通交際的巨大阻力。為了擺脫自卑感，追求獨立生活能力，他決定北上攻讀大學，同時接受師大資源教室提供服務，包含申請筆記抄寫員、無障礙寢室、特殊體育課，逐步克服學習困難。

陳義宗說，上大學後時常有許多小組合作討論的作業，因為受限於聽力不佳，只能當個「潛水艇」，無法參與討論。但經過導師陳美芳提點，他決定開始改善溝通上的缺失，自願擔任班代，學習如何在同學、輔具協助下，聽取他人想法，並圓融地處理班級事務。他開心表示，這次服務班級

◆ 腦麻作家陳義宗使用文字 MP3 語音軟體演講

的經驗，獲得同學肯定，自己也變得更有自信。

即使行動不便，陳義宗與班上其他同學一樣，會搭乘公車到育幼院擔任志工、進行大四教學實習。整理學生輔導紀錄和行政會議報告、打字、送公文、整理校園環境等，陳義宗都能努力完成，也讓他被實習指導老師評為「像個不累的機器，總是笑臉迎人，願意挑戰困難工作，認真服務態度令人欣賞。」

為了讓更多人了解多重障礙孩子的故事，陳義宗決定開始寫文章。他說，回憶起傷心往事，曾難過得想停筆，但他希望未來每一位老師都能同理身心障礙學生遭受的生心理困難，而學生也能秉持堅忍不拔的精神過生活，所以才持續寫作。

分享會上，陳義宗全程運用溝通輔具軟體「文字 MP3」，透過電腦合成語音朗誦演講稿，再搭配與資源教師筆談，回覆在場聽眾提出的問題。「儘管溝通能力不好，發表意見不完全切意，但我不會放棄溝通的機會。」他用實際行動展示身障者不容忽視的發言權。

「不會因為無法清楚表達，就不能到正式場合演講，透過輔具資源支持，他一樣可以做到」，特殊教育中心主任洪儷瑜表示，如果針對身心障礙者的特殊需求，給予適當支持，就能協助他們融入社會。她也提到，義宗讀過特教班、資源班、普通班，他的求學歷程也為臺灣特殊教育發展作見證，是融合教育典型模範。

跋

家有腦麻兒

陳永順

五年前，臺灣師大特教中心出版了義宗的《陽光的微笑》，緣於他事前保密到家，新書出版後寄達家裡，讓家人頓感意外。這回他計畫把到各校分享成長與求學經歷的紀錄，以及平日習作的資料結集成冊，做為自我勉勵的借鏡，我為他的勤奮自勉感到高興。

拜電腦科技進步之賜，解決了部分肢障人士因協調欠佳造成書寫不便的困擾，義宗也因而得以利用電腦來寫作，他每日在電腦桌前閱讀、整理，這份用心與堅持讓我佩服。雖然他因為無法順暢地用言語表達，每次演講只能借助「文字 MP3」軟體，透過電腦合成語音來傳達，比較難以達到生動活潑的效果；他的習作也容或未臻成熟，但敢於向自我挑戰的勇氣與信心，自該給予肯定與嘉許。

一、給你來個驚喜

猶記當時，我一邊翻著新書，彷彿時光倒流，突然想起多年前的往事，那陣子他不時拿著手寫或列印的文稿跟我切磋、推敲。畢業多年了，我心想，該不是還要寫什麼報告吧？我沒問，總以為是要投稿。日子一天天過了，一本新出爐的《陽光的微笑》竟出奇地呈現在我的眼前！翻閱內容，都是求學的經歷，當然也少不了一路走來遭遇困頓與挫折的心路歷程。難得的是，還有多位關愛他的師長、直屬學長以及前埔里基督教醫院趙文崇院長等親筆撰序，確實讓這本書生色不少。

事前緊守口風，我揣度他的心理，怕是擔心我對他下「指導棋」（對他的寫作步調指指點點），也或者是要給家人來個意外的驚喜吧，所以絕口不提寫書的事。雖然內容寫的都是親身的經歷，但有些事情時過境遷，總得倒轉時光去回憶、整理、剪裁吧，對於非職業作家來說，想在短期內完成一本近八萬字的作品還真不容易，何況像他這樣連業餘寫手都稱不上的多障腦麻患者，十多年的求學過程都在應付課業與考試中度過，壓根兒沒經過寫作的訓練，寫書對他而言，該是一樁艱難的工程。我手裡捧著他的「大作」，心裡與其說驚喜，毋寧是訝異的成分居多。

二、黃疸指數十八點六

一九八一年初冬，義宗在沙鹿一家知名的綜合醫院出生。他在家裡排行第三，上有兩位哥哥。小天使的降臨給這個鄉下的普通人家增添了洋洋喜氣。

母子在醫院待了五天。回家後，嬰兒定時喝牛奶，覺也照睡，剛出世的嬰兒除了吃和睡，並沒發現什麼異樣。直到大約半年過去了，我母發現這孫子怎麼還是臉黃黃的、似乎也沒什麼聽覺反應——這對於我們夫婦來說，雖然已有帶養兩個孩子的經驗，但是媽媽的一句話仍是一語驚醒夢中人，引起我們的注意。

我想起在醫院的病房裡，兩位護士對話談及「生理性黃疸」，又聽到「十八點六」這數字，當時對這並不瞭解，照理說醫生、護士夠專業吧，但是並未有特別叮嚀。心想：「既然是生理性，應是相對於病理性而言，也就是自然的吧？」直到後來，我想起義宗待產的時間似乎過長，這可能對腦部造成傷害。後來幾次帶他回診，除了獲知「疑似腦性麻痺」之外，其他只有「無助」。

三、求神問卜尋找解方

四十年前，別說醫學資訊不如今日普及，我們夫婦對於腦性麻痺也是一無所知，我除了買書來看之外，幾乎求助無門，所以只要有人介紹或建議哪兒可以去看看，我們都會去嘗試。一九八二年七月，開始到臺中市中正路一家中央腦科醫院看診（一家私人診所，現已停業），後來陸續去過臺北市的振興醫院（無功而返），也求過梧棲永興路邊的有應公，又和媽媽到過西螺的偏鄉（那次的經驗只能用「落荒而逃」來形容）；還騎機車載著太太和義宗跑過南投的山區（因走投無路，迷途而返）……，目的無非是為義宗的疾病尋求解方。

當時名噪臺灣中部的某宗教自稱通靈人士，吸引了我的注意，下班後幾度隻身來到臺中，在昏黃的路燈下，無助地徘徊在臺中體專旁的雙十路；也曾到過臺中市健行路訪求自稱明師的某堪輿師；又曾在佛教刊物讀過一則報導，謂旅居海外的某居士回臺為信眾服務，以其獨具的天眼通，可藉由一張相片讀出一個人的前世今生，找出疾病的根由（收費新臺幣四千元），為此，在我心中徬徨許久……，諸如此類，不一而足。心中只有一個心願：誰人能夠化解、救度義宗的疾病？

拜過東勢鎮大願寺的地藏菩薩，以及清水鎮紫雲巖的觀音菩薩；也到過位在屏東市、專門收容腦性麻痺兒童的「屏東縣基督教勝利之家」，聽了工作人員的簡單介紹，除須定期繳交一筆安置費（這項費用對於單薪的我們可是個負荷），更讓我們不捨的是義宗必須留住在此，例假日才能接回家，而屏東、臺中兩地遠隔，往返諸多不便，最後也就不了了之。

四、在彰基遇見良醫

出生後隔年，義宗快滿周歲時，我在《中華日報》讀到一則訊息，彰化基督教醫院有個骨科特別門診，一位醫師（忘其大名）曾經治癒不少骨疾患者，有的甚而得以恢復行走能力。夫婦商討後趕緊預約，如期帶去彰基。

那天門診人數還不少。輪到義宗時，內人抱進診間，醫師先是問明來由，繼而沉吟道：「嗯，腦性麻痺，」我心想都還沒診察，我們也還沒開口，何以知曉病症？急問大夫怎知是腦性麻痺？醫師指著病歷，說：「上面寫的。」我猛然想起義宗在沙鹿看病服藥都不適應，所以即使像感冒這類的小病，也是帶到鄰鄉龍井的全真診所求診，有時甚至大老遠來到彰基。記得五月以來，帶過義宗來彰基門診，猜想施治明醫師或許認為家長早知道義宗的疾病，所以只就感冒處方而未言及其他。

因為「無法站立、全身軟趴趴」並非是骨骼問題導致，也就沒進一步治療，後經轉介「小兒腦神經科」門診。診療大夫是位年輕的醫師，他對待家屬十分親切，我們有任何問題向他請教，醫師都詳為解說（在其他院所常遇醫師對家屬的提問感到不耐）。每次門診，我會把義宗在這段期間進步的情形以及發展遲緩的行為（肢體能力或者情意表達），記下日期及行為表現，寫在一張紙條給醫師參考。醫師看了就順手用膠水一抹，將它貼在病歷上。有一回他邊貼邊說道：「這是我第一次遇到這樣用心的家長。」

這位視病猶親的良醫，就是後來曾任埔里基督教醫院院長的趙文崇醫師。

印象中，大約是每兩星期我就得從沙鹿騎機車載著內人和義宗到彰基，我不方便時，就由內人搭公車帶義宗去門診。在這段診療期間，義宗的情況慢慢有了進步，我擔心這些能力日後會不會再度消失或退化，就向醫師請教。趙醫師說，已經發展的、習得的能力不會再消失，我這才寬慰許多。

五、語言治療課程

在彰基腦神經科門診期間，院裡針對義宗的聽障安排了「語言治療」課程，是由一位美國籍的費珮妮（Penny Phillips）老師指導，費珮妮老師回國後，由王淑娟老師（王老師後來到臺中教育大學任教）接任。二位老師都跟義宗建立了如親人般的師生關係，由於她們的愛心與悉心指導，奠定了義宗日後國語拼音認字的基礎，她們也都跟義宗合拍過照片。還記得王老師在相片背面寫的一段話：

「義宗，我相信你一定會記得王阿姨的，當你有一天能開始認識字時，寫一封信給王阿姨好嗎？同時，你應永遠記得感謝你的雙親，並勇敢、堅強，要自己站起來。

王阿姨　一九八六．十．二十八」

每當看到照片裡義宗稚嫩的臉蛋兒倚在老師身旁，她這段滿懷溫馨的叮嚀，就似乎在耳畔輕輕響起。

後來義宗進入仁愛學校幼稚班就讀時，也有一門由林淑莉老師「一對一」的語言治療課程。這項課程著重在國語發音練習，林老師富有耐心，義宗因為先前在彰基已有拼音練習的基礎，所以學得十分帶勁。林老師後來因為出國深造而離開仁愛實校。她學成歸國後，先在中原大學任教再轉任臺灣師大。義宗就讀師大時，林老師已在特教系任教，說來師徒真是有緣。

六、周邦道大德的勉勵

一九八三年十二月，我在佛教雜誌《慧炬》月刊獲悉前考選部次長、臺灣省立農學院（今中興大學）教授周邦道夫人周楊慧卿女士虔誠誦念大悲水有奇應，曾救治不少人的病痛，遂冒昧去函向周教授請教（不知當時周夫人已往生），蒙慶公慈悲（周教授字慶光，教界人士多恭稱「慶公」），很快地以毛筆親書一封短箋回覆，除了寄給我《先室周楊慧卿居士紀念文錄》一冊，勉勵我虔誠念佛，還諄諄叮囑：「……令郎之病，精誠念誦當有不可思議之感應也。」

我受其感召，遂專誠念佛，每日迴向，未敢稍懈，祈求諸佛菩薩慈悲加被，庇佑義宗靈明覺智，早日行動自如。

七、臺中市佛教蓮社

就在隔年暑假，我騎車來到臺中市民生路的「臺中市佛教蓮社」，也許是我在走廊來回走動引起蓮社人員的注意，有一位先生走出辦公室，親切地問我有事需要幫忙嗎？我據實以告：「我的孩子已經三歲了，還無法翻身、站立，也不會走路，我想請教佛法是否可以幫助？」這位先生聽了之後不假思索地答道：「你可以到苗栗火車站前面不遠的大興善寺，那兒有一位師父已經幫助許多人學會走路。」我聽了喜出望外，趕緊向他致謝，就騎著機車回家了。

一路上，我的心情十分愉快，除了感恩，好像對未來也充滿了希望。

八、師父為義宗加持

義宗出生前，內人在家忙著做手工，我們極少帶他兩個哥哥遠行或者到遊樂園玩賞，最遠就是十公里外的外婆家，或者逢年過節到臺中的叔叔、姑媽家。除了日常工作難分身之外，收費的遊覽地點也不在考慮之內。義宗出生後，唯一比較遠的是苑裡火車站前面不遠的大興善寺。

自從去過蓮社之後，只要放假日有空，我們就帶著三個孩子從沙鹿搭火車到苗栗，途中過了大甲之後有一段短短的隧道，雖然距離不算長，但是車廂瞬間由明變暗的變化，卻也給孩子們帶來不少刺激與歡樂。

當年的大興善寺（目前已分遷至銅鑼及三義），外觀只是一間古樸老舊的平房，不像一般寺廟有著富麗巍峨的殿宇。佛殿面積小得出奇，大殿只有一座香爐，也不焚燒金紙（這在一九八〇年代算是特例）。住持是一位身材瘦小、面容慈祥的尼師，據言她平日持禁語戒，終年不出寺門一步，常以地上的螞蟻自況（喻微小），也不讓外人攝影。無論天氣多麼嚴寒、燠熱，我們寒暑假來寺拜佛時，只見她一襲舊衲，打著赤腳在室內水泥地行走，也不曾聽她講過話，如遇佛誕日或寺裡重要節慶，只見她當眾高舉印有節慶日期的日曆紙輕拍，示意大家當天回寺拜佛。當年外界只知她出身苑裡，不知其名號，佛教居士陳慧劍在《天華》月刊發表過一篇〈無名尼師隨訪錄〉，方才引起了外界的注意。

有一次正逢師父來到大殿，我們遂向師父合十、秉告來意，師父示意我們以大悲水加持，內人抱著義宗，我手持一杯大悲水，卻拙得不知如何是好。師父看了，露出一臉慈悲的微笑，隨即伸出雙手抱了過去，親自以大悲水在義宗的額頭上加持。

佛殿正門前方有販賣白色塑膠桶的，我初見時甚覺納悶，後來方知寺裡有大悲水結緣，塑膠桶是方便初次來寺的信徒請大悲水回家用的。近午時分，寺裡也有平安麵供眾，鎮上每天有人發心送來麵條和青蔬，寺裡的志工們就煮了一大鍋、一大鍋的湯麵跟信眾結緣，有時會有熱炒的小菜。信眾來寺拜佛留下的供品沒帶回家的，餅乾類就分給大家享用，可以下鍋的（通常是麵條）就混著一起煮。

這看似不起眼的平安麵，除了蔬菜再也沒什麼其他食材配料，但信眾們無不吃得津津有味，我們一家人更覺得是人間美食，至今還令人無限回味！

九、按怎尬伊生阿價艱苦

例假日時，如果天氣晴朗，有時我會騎機車載義宗和內人到外面逛逛，有時是在住家附近或鄰近鄉鎮，再遠的就是搭車到臺中市區了。當年的亞哥花園，內人學會開車後，載全家人去過；義宗長大後，我辦了科博館的「家庭卡」，假日經常全家去科學博物館參觀，或是觀賞太空劇場。由於義宗的關係，我們極少能夠全家出門，科博館的知性之遊算是十分難得了。

由於家裡離公車站牌較遠，出門背著他走路不方便，所以有時候是我騎車載著內人，義宗就夾在兩個大人中間。有一年暑假，我們帶他到臺中市，順便去逛百貨公司——最常去的是自由路的遠東百貨，那兒不但可吹冷氣，更有琳琅滿目的物品可以參觀，藉此給義宗觀察的機會。

那一天，我把機車停在自由路旁的彰化銀行停車坪，在街頭走路難免又抱又背（通常是我抱著，或是太太背著）。炙熱的陽光火辣辣地照得讓人直冒汗，我們走在騎樓下，一位婦人看到內人背著一個搖頭晃腦、眼神呆滯、還不時流口水的幼兒，似乎心有戚戚焉，忍不住向內人說道：「妳係按怎尬伊生阿價艱苦？（閩南語，意思是「妳為什麼把他生成這副模樣／這般痛苦？」）」我們互看了一眼，不知道該怎麼回答才好，也就沒理會她，逕自走我們的路。

十、仁愛學校幼稚班

一九八六年八月，義宗還不能坐、不能蹲，當然也沒法站立。有一天，我看到報載位於彰化縣和美鎮的國立彰化仁愛實驗學校開設幼稚部，招收多重障礙幼童，我們商量後決定帶他去報名。

這所學校創立於一九六八年，最初設立國小及國中兩部，專門招收肢體障礙學生（二〇〇五年開始招收普通高中學生，並更名「國立和美實驗學校」）。幼稚班是當年首設，由於多障幼童無法自主活動，也為了讓家長學習復健技巧，以便在家可以幫孩子做復健，所以須有一位家長全程陪讀。當年度只招收了五名學生，除了義宗來自縣外，其餘都設籍彰化縣。

義宗就讀幼稚班期間，全由內人接送、陪讀。有幾次我也在場，我發現家長的態度攸關孩子身心發展的快慢。若是家長的態度積極，認真幫孩子做復健、努力促進孩子心智發展的，孩子的進步比較明顯，家長若只抱著「上班」或「上課」的心態帶孩子來上學，回家疏於復健的，孩子的進步也就比較遲緩，甚至看不出有任何進步。換言之，協助身障孩子的「主戰場」還是在家裡。意思是說，到特教學校上課、到醫療機構復健，只是提供促進幼兒肢體發展和心智成長的基本功課，回家之後，家長還得撥出時間、付出心力、強化練習，並多給孩子溝通互動的機會，對孩子才有實質的幫助。

十一、火車上的大姐姐

九月開學後，家裡上學、上班的都早早動起來了。因為義宗年紀還小，一大早起床後還是睡眼惺忪，我們幫他穿衣、穿鞋、餵早餐時，他總還是坐在靠背的圓椅上瞇著眼睛吃飯。大約六點半左右，我騎著機車載內人和義宗到火車站，趕搭六點五十二分的普通列車。到達彰化站後，母子再轉搭仁愛學校的接駁車到校。

這樣風雨無阻地維持了一年，覺得每天一早起來準備早餐、趕車、轉車，所耗時間不少，義宗睡眠時間也不足，內人每天來回奔波也累，所以暑假時她就去學開車，順利取得駕照後，家裡買了一輛飛雅特遊龍一千三百西西的自小客，方便接送義宗。說來她也十分難能，因為家裡沒車子，除了在駕訓班，之前根本沒有開車的經驗，暑假結束後，她就勇敢地上路了，每天從沙鹿到和美來回跑。

每天早上六點五十二分開出的這班列車，也是許多海線學子前往彰化就學的通勤班車，彰化高中、彰化高工（今彰化師大附工）、精誠中學和彰化高商的學生都有，有時沒座位，他們會讓座給義宗。日子一久，彰化高商的大姐姐也會跟他逗笑，義宗雖然無法言語，但一點也不怕生，無形中讓沙鹿到彰化這段車程不再枯燥，也增加義宗與外界互動的機會。

有一次，車上一位姜先生送了義宗一張美鈔，還留了名片。那張紙幣至今仍保留著，沒有兌換。

十二、在家學走路

民間有一句臺語俗諺說：「七坐，八爬，九發牙。」意思是說，嬰兒的發育有一定的順序，通常是到了七個月大時會坐，八個月能在床上爬，九個月左右大約就開始長牙齒了。義宗則是直到六歲才能在原地靜靜地站立（還不能移動腳步），牙齒發育也比較晚，身心發展比起正常兒童緩慢許多。

為了方便他練習走路，我在家裡的牆壁釘了一排大約八十五公分高度的不鏽鋼管（白鐵管），粗細如同一般家用的塑膠水管大小，方便義宗用力抓著學走路，可喜的是他並不排斥這樣的練習，他似乎知道他跟正常孩子的不一樣，所以每天都願意在大人的陪同下吃力地練習。

此外，他兩個哥哥用過的嬰兒車也派上用場，這輛嬰兒車可以讓他推著學走路，但是籐條編成的車子十分輕巧，加上附有輪子，只要輕輕一推就向前滑行了，這對於無法自我控制的義宗來說，無疑會導致車子向前滑行但他卻跟不上而跌倒、受傷的危險。為了增加車子的穩定性，我在車子裡放了幾塊洗淨的石頭，讓義宗穿矯正鞋在巷子裡推嬰兒車練習走路。穿矯正鞋是根據趙醫師的建議，用來增加膝蓋的支撐力，這雙矯正鞋則是彰基的患者用過之後留下的慈善捐助。做這項練習的時候，為了安全起見，大人自然是必須跟在旁邊隨行幫忙、照顧的。

十三、谷關之行

有一年秋天，我服務的學校舉行遠足（現在稱「戶外教學」），地點是市內和平區的谷關風景區，我徵求太太同意，也替她和義宗報了名。谷關的自然風景雖美，但是下了遊覽車，一路是崎嶇的上坡路，我太太背著孩子跟在學生隊伍後面走，可不是一件輕鬆的事。班長蘇堂福看了義宗在媽媽背後搖頭晃腦，有時在休息區解下了背帶，抱在懷裡，頸子還是挺不直，他不禁脫口說道：「老師的兒子就是年紀還小，所以身體軟綿綿的。」

這位班長的雙親都是天生語障人士，他卻是一位聰明乖巧又貼心的正常兒童。我當年帶的是五年級學生，班長一定不知道這位「年紀還小」的弟弟已經四歲多了，但當時還無法自行坐著及站立。

十四、腳底按摩與針灸

大約在一九八〇年代後期，有一項受到社會關注的「吳神父腳底按摩」醫療法風行全臺，我們沒帶義宗去做過，不知實際療效如何。就在義宗就讀仁愛學校幼稚部那年暑假，老家社區來了一位先生為民眾做腳底按摩（不知按摩方式與吳神父的相同否），我們帶著義宗前往，許多大人也來了，義宗是唯一的幼童。這項按摩每次收費二百元，不過這位先生並不收我們的費用。

按摩師手握一根小木棍，左手抓住對方的腳掌，右手持小木棍按摩腳底，看起來是有些力道，應該不會太舒服。起初我擔心義宗會受不了，幸好他並未排斥，想必他知道這是為了改善他的行走能力，所以每次都強忍著痛。這項腳底按摩持續了兩年。

忘了是誰介紹的，我們也曾到東勢鎮一家中醫診所針灸，希望藉由針灸改善腦性麻痺的疾病，主針的是張永祥中醫師，他的態度很親切，去了幾次，一則是路途遙遠，再則是短期並不容易看出效果，所以後來就沒再前往。

有一次回程，從東勢到石岡時，快中午了，義宗哭了起來，我在路邊樹蔭下停下機車，內人哄他也沒效，實在不知怎麼辦才好，又擔心是否哪裡不舒服。這時抬頭忽然發現前邊不遠處有個飲食攤，我們就抱去攤前買了零嘴給他，說也奇怪，義宗竟乖乖地不哭了。內人笑說：「原來是肚子餓了！」每當想起這回事，我都會十分自責，當時由於心裡只想著趕快回沙鹿，竟忘了他的「民生問題」！

十五、喜歡幫忙做家事

義宗的學習動機算是強烈，也有高度的參與感。平常內人除了操持家務、照顧三個孩子，也做些家庭手工貼補家用（代工車毛巾），老大、老二很貼心，會主動幫忙疊毛巾。當義宗能夠自己坐在地上時，倚著牆壁也跟著兩位哥哥在一旁收疊毛巾，他雖然動作緩慢，但是一張張地疊放，神情還真專注呢。

大概是看久了大人在廚房做家事，有一段時期他堅持飯後要洗碗，當時他還不會站立，我就端了一把高腳凳，讓他坐在水槽前面，我在身後護著他，他一碗一瓢地洗得很吃力，動作雖慢，但似乎很有成就感。他自然是無法洗得很乾淨，他洗了之後我再清洗一遍。

十六、牛頓新教育中心的水療復健

一九八〇年代中期，臺中市有一家民營教育機構——「牛頓新教育中心」成立了游泳池館，除了對外開放一般營業外，也針對身心障礙孩童作慈善服務。這是一家專業的室內溫水游泳池，池水十分潔淨，空間也夠寬敞，這項服務提供身障兒童做水療復健，每週日上午上課一次，每次兩小時，上課時須有一位家長陪同。按照中心的規定，只要全年度出席率達到一定的標準，所繳費用可以全額退還。

由於是溫水，且在室內，既沒風吹日曬，冬天也不會寒冷，所以在館內游泳、上課相當舒適。水療課程依每週排定進度進行，每次上課前，教練都會帶領大家先做準備操，家長就邊做邊帶動幼兒跟著做。教練們都十分專業，下水後，他們會在池內來回巡視，適時給予家長必要的指導。

池內水深有一米二，陪同的家長雙手扶著幼兒的腰部，讓他在水中慢慢地自由划水、運動，加上浮力的作用，孩子們對這項復健的課程很感興趣，義宗很快就學會了悶水。這項水療復健對於增進義宗的活動力有極大的幫助。

義宗在中心的水療復健，前後持續了七年，直到他升上小六才中止。最初是我騎機車三人同行，後來買了車子，颳風下雨時就方便多了。每到年末，中心定期舉辦園遊會義賣，還有身障幼童的表演活動，我們也都熱烈參與，每年的會場總是熱鬧滾滾。

十七、有愛心就有方法

由於重度聽障的關係，義宗在學校裡上課當然無法聽得很完整，所以每天回家的課業，無論是讀寫或念誦，都必須大人協助才能完成。低年級上半天課回家後，內人總是忙裡抽空，陪著義宗寫完作業。儘管現代的課程跟數十年前有很大的差異，但她很有耐心，採取「親子共學」的方式與孩子一起成長，在指導的過程中建立和樂的親子關係，孩子就會喜歡學習。內人並不具備教育專業的背景，但秉持一顆愛孩子的心，自然能摸索出合適的教學方法。當孩子的學習有進步時，學習的動機自然愈來愈強烈、愈有信心。

晚間，通常全家人聚在二樓臥房外的走道下閱讀、做功課，小桌子一字排開，面對牆壁各忙各的。也不知道義宗注意我們翻查字典多久了，有一天看見我在翻字典，竟然主動要「幫我」查字。那時他就讀小學二年級，已經學會注音符號，我不知道他認識多少部首，就寫了幾個常見的國字，指出部首的部分（譬如木、火、土、金、水之類），再教他算筆畫。他翻查的速度當然很慢，但每查到一個字，那種成就感都讓他喜不自勝。後來我就買了一本啟元書局出版的《中華兒童字典》讓他翻查，這本字典很厚，字體很大，每頁一個生字，是按注音符號排列，又有筆順分解，全書彩色印刷，每頁都有可愛的插圖，很適合幼童使用，我們一有空就陪他一起看圖、認字。二年級時，學校舉辦查字典比賽，義宗居然獲得全校（三至六年級）第三名，三年級時再獲得第二名！

不久，家裡買了漢聲出版的《中國童話》，全套十二冊（按全年十二月令分冊編寫），這套書全文注音，內容都是引人入勝的中國民間故事，書中豐富的彩色插圖引起了他極大的興趣，常常一個人全神貫注地翻閱，顯然他在書中發現了一個新世界。

十八、中山國小啟聰班

義宗就讀仁愛實驗學校小學部三年級上學期那年，有一天晚上做功課時，他寫了一張紙條，提及一件讓他不愉快的校園事件，夫婦商議後決定讓他轉學。從彰化轉回縣內，當時臺中港區並無合適的學校，想得到的只有豐原市某校設有啟聰班，但因交通太複雜而作罷。

不久，獲悉中港路（今臺灣大道）旁的臺中市某國小啟聰班招生，夫婦滿懷希望，一早就帶義宗去報名。當天經過了幾道測試關卡，中午過後，被告知未獲錄取。回家的路上，我邊騎車邊思索，推想應是該班只招收單一障礙的聽障生，而義宗是多重且重度障礙，自然會被排除。當時心中雖有失望，但並無怨言。

後來經朋友轉告彰化市中山國小設有啟聰班，懷著「試試看」的心理前往洽詢，幸蒙趙宗英校長首肯及相關處室同意轉入。中山國小是彰化縣一所歷史悠久的學校，啟聰班設立於一九八一年。當時除了欣慰「有學校可念」，未曾想到由於義宗轉入，的確會增加任課老師的壓力！

回想起來，按照當時一般的情況，特教班通常只招收「單項障礙」學生，例如啟智班招收智力發展遲緩生、啟聰班招收聽覺障礙生、啟明班招收視覺障礙生、啟仁班招收肢體障礙生……，這樣在教學與生活管理上較為單純、方便；而多了一位多重障礙的學生加入啟聰班裡，自然會給任課老師（尤其是級任導師）增加不少困擾與壓力，因為聽障生除了聽覺障礙，在外觀與自主行動上皆與普通生沒兩樣，老師在教學、班級經營與生活照顧各方面比較單純，而義宗集重度語障、聽障與肢障於一身，除了校內的學習活動，當時還有不少校外活動都必須參與，這無疑增加老師極大的負荷，說來真是難為了老師們，也令身為家長的感激在心頭！

在中山國小讀了四年半，一九九五年畢業時，義宗榮獲議長獎，連錦權校長更親予嘉勉。

十九、向上國中啟聰班

小學畢業了，升國中時又再度面臨選校就讀的困擾，因為當時特殊學校還很少，更無專收腦麻生的學校或班級，即便有的話，其教育方針通常也是偏向生活照護而忽略智能學科的居多。徬徨之際，義宗小學學姐的母親介紹臺中市向上國中啟聰班，她認為這所學校是不錯的選擇。很幸運的，經她接洽後，學校同意義宗轉入。該校張逵田校長辦學認真，秉持「多元學習、平衡發展」的治校理念，行政團隊與教學績效皆有極佳的口碑。

啟聰班導師是一位年輕的陳俊如老師，英語教學是她的專業，她願意擔任啟聰班導師，又敢於接納一位跟全班同學大不相同的重度多障腦麻生，這種勇氣與慈悲令人感佩。

一般學生上了國中，英語往往是令他們感到困擾的科目之一，義宗在向上國中三年中能奠下良好的英文基礎，的確相當難能可貴。升國中前，我老擔心他既聽不到、發音又不清，到底該如何學習外國語言呢？想不到在這位英語魔法師的指導下，義宗對英語科竟產生了濃厚興趣，每晚聽他翻開課本或自修高聲朗讀，雖然我聽不清他念什麼（一來是他發音不準確，更大的原因是我的英聽能力根本太遜），但他卻是每每讀得興致高昂；六本厚厚的自修「英語段層掃描」也幾乎被翻爛了，課後的習題更是無一漏寫，英語這門學科竟成了他的強項，十足令我意外。

啟聰班的教學團隊極為整齊優秀，老師們都充滿了教學熱忱，除了理化科是從普通班徵聘而來，其餘都是專任啟聰班的教師，這樣的創意安排，讓任課教師都能在特教領域裡發揮教學專長，足見教務行政部門排課的用心。老師們教學嚴格而富有愛心，對學生的要求並不因其障礙而有所鬆懈，陳老師每日在聯絡簿親筆寫的要求事項，更可看出她對教學的執著與對學生的期望。

國三畢業前的五月天，陳老師帶著學生與家長北上參加身心障礙學生升學五專推甄，兩天一夜可謂備極辛勞，天氣燠熱不說，家長的焦灼、考生的壓力更不在話下，只見她笑語春風，帶給學生們莫大的精神鼓舞，繼而在往後的高中職聯招締造了全壘打的空前佳績，誠屬相當難得！

二十、臺中一中資源班

一九九八年暑假，義宗以身障生的身分考上臺中一中，喜訊傳來，我的內心一則以喜，一則以憂。喜的是他終於圓了在向上國中立下的「進一中」之美夢，也彌補了三十一年前我放棄就讀一中的微微缺憾（選讀師專）；而更讓家人擔憂的是，以他這樣一個弱勢的身障生從來都是在特教班級上課，而今置身於一個學業頂尖的班級當中，真不知在一般化的教學模式裡如何克服障礙而有效學習？

後來發現，一中雖然向以培養未來社會菁英自期，卻是一個充滿友善氣氛的校園。在學三年期間，蒙高敏玲、施靜如兩位導師以及湯志平、林義清兩位教官的關懷，同時也受到同學們的溫情支持與協助，讓義宗在心版上烙下溫暖的記憶。義宗媽媽因為日常接送上下學的緣故，對資源教室的師長們以及教官的關懷尤其感受深刻。

猶記當時尚未實施週休二日，有幾次週六中午是由我到校接義宗，趕到學校時往往已近一點，還見教官巡迴照護在穿堂等候家長而尚未離校的學生。

大約在這時期，國內已經開始推展融合教育，這項教育策略的方案是讓特殊學生回到普通班級和一般學生一起學習，身障生融入普通學校就讀的聯考、推甄政策即是由此而來。此一改革的用意雖佳，但若在教學方法未有良善的配套，並排除教學環境中的障礙，則其良法美意不免要大打折扣。

國內在這方面的調整措施通常是設立資源教室以為因應。臺中一中資源班於一九九八年成立後，經由導師戴英宏、施錚懿及一群愛心老師的默默耕耘，不僅發揮了支援身心障礙學生的功能，師長的關懷與身障同儕的良性互動，更讓資源教室成為促進學習動力的補給站，義宗經常到資源教室溫書、充電，他說這裡是放鬆心情與紓解壓力的休息站。

二十一、人性化的宿舍

義宗考上師大後，當然得負笈北上，在學校過著獨立的生活。我想起他十多年來在家的日子，除了念書得自行負責之外，其他吃的穿的用的，無一不是家人打點得妥妥當當，如今隻身在外，食衣住行樣樣都得自己來，又是多重且重度身障，往後的日子不知如何度過？光是想起颱風天或是大雨滂沱的日子，撐傘、過馬路加上背帶書包，對他而言就是天大的難題！

我沒參觀過其他學校宿舍的特殊寢室，依我個人的直覺，師大宿舍的特殊寢室一間可住四個人，其空間約是一般寢室的兩倍大，動線與配備堪稱良好，浴室空間也極寬敞，而且是安排在一樓，離交誼廳（兼會客室）不遠，進出無須爬樓梯；投幣式洗衣機就在寢室對面，自助餐廳則在地下一樓，空間寬敞又方便，可說處處考慮到身心障礙者的特殊需求，是極富人性化的規畫。

由於每個人的障礙情況不同、輕重程度也有別，室友都能協同互助，彼此照應。在義宗剛入住宿舍的那個暑假，我趁還未開學，曾帶著工具在浴室做了小小的維修（只做局部且微型的釘釘打打，故未知會學校），讓他們使用更加便利。

二十二、得了蕁麻疹

新生入學的那個學期，老大開車載我們來過宿舍幾次，想到他隻身在外的獨立生活，終必面對許多學習與生活的挑戰，每次臨別都讓我十分難過。他看我踟躕不走，總是用那慣常的手勢急切地一揮，意思是：「沒事的，快走呀，還不回家！」

這畫面讓我想起初中畢業時，負笈南下就讀師專的情景，由於初次離家，媽媽帶我先到臺南的舅舅家住了一夜，隔日才去註冊。數日後，母親要回沙鹿了，我陪著她從東門路步行到火車站。望著母親獨自搭上北上列車的身影，我的情緒崩潰了，那年我十七歲。十數年之後，母親提起當年在火車站分別的情形，她說她是噙著淚水直到沙鹿的。我生長在鄉下，自小待在家鄉，不曾出遠門，到外面看看新世界的心情是快樂的，練習飛翔的感覺是新鮮的，但是離鄉的滋味又是多麼苦澀。我想義宗是比我更獨立，也或許他不讓我們擔憂而故作鎮定吧。

大三那年，有一天我接到一通陌生電話。來電的是義宗導師陳美芳教授，她告訴我義宗得了蕁麻疹，杞昭安教授已經請同學帶他去看過醫生。我想起年輕時自己也發過這疹子，雖然不痛，卻是奇癢難耐，加上全身發熱，真是痛苦難熬！我在電話中頻向陳教授致謝，心裡默默感念：少年離家，人生地不熟，義宗行動又諸多不便，幸有師長、同學的呵護！

二十三、考得上，自然有辦法應付

義宗上大一時，有一天，我無意間在報上獲知王華沛教授（義宗在師大前二年的導師）將到臺中啟聰學校演講，講題是關於身心障礙學生使用電腦輔具的問題，我知道王教授是這方面的權威。記得那是個週三下午，我向人事單位請了事假，在開講前趕到中聽。我坐在講堂後面專心聆聽，希望在演講結束後，向教授請教義宗在大學的學習問題。

演講結束後，我趨前向教授表明來意，只是中聽的接待人員正忙著要送他到車站（車票早已訂妥），彼此也只談了大約三分鐘。王教授要我別擔心，他以豁達的語氣兼帶安慰地跟我說：「你放心吧！他考得上，自然有辦法應付，電腦輔具將會帶給他許多方便的。」雖然有了教授的信心加持，我仍是一路帶著放不下的心情回家。

義宗畢業之後數年，有一天晚餐時，他黯然地告訴我王教授不幸病逝的消息，原來他還持續關注師長的訊息。雖然我跟教授只有一面之緣，但是驚聞噩耗仍讓我難過與不捨。

後又知悉，不只義宗在教授生前蒙受指導之恩，王師母也特別關照義宗，給予諸多期勉，真是令人感恩不盡！

二十四、行到水窮處，坐看雲起時

義宗念大學四年級上學期時，有一天，義宗的導師邱紹春教授來電，告訴我他將到苗栗某高中（忘其校名）公辦，看我能否到校會面。我如時前往。教授言及義宗的情況，並徵詢是否參加為期一年的教育實習。我知道這一年的實習跟住宿在校不同，生活上的一切都得自理，雖言實習，許多教學事務都得獨當一面；我也知道若未參加實習將無法取得教師資格，四年前抱著初心來師大修煉的夢想也將無法實現！

這件事情，家人已跟義宗商討過，也有了腹案。我感謝教授的關懷與費心，也想起義宗入學之初，系上曾經邀約家長到校，開過一次會議。那次座談會的名稱已忘，事後回想該是類似評估的性質吧，目的在確定義宗就讀特教系（將來從事教職）的適切性。我知道學校的用意良善，希望考量義宗就學的最佳利益，我也在會中表白義宗的自主意願以及家長的想法，如果他願意，義宗是可以有另外的選擇。

會議並無確切的結論。張訓諾教授（夫人蔡春美教授是我在南師就讀時的英文業師）會後告訴我：「人生也許不必走得這麼辛苦。」是的，四年辛苦終究走過來了，幾年國家考試的煎熬與磨練也過了，義宗凡事都有自己的想法，雖然最終未能修成正果，而那美好的仗確實已打過，情到深處無怨尤，得失由天意，我想他的心中該是坦然無悔吧。

二十五、險些釀災

義宗自師大畢業後，因為沒有參加教育實習，所以一直待在家裡準備國家考試。由於當時家人都在上班，他的中餐就成為一個問題。家人當中，唯我上班地點離家最近，騎機車單程約二十五分鐘（開車會比較耗時），若加上一些耽擱，光是來回就需一個鐘頭，所以每天中午回家準備中餐並非良策。

為此，我得在早晨上班前把他的中餐準備好，放到客廳的茶几上，便於他中午用餐。比較常備的是白飯和炒青菜，炒飯、水餃或者煎麵粉餅也很方便，湯湯水水之類的（譬如湯麵）就比較不適合了。若是在冬天，我就把餐食放入附有提把的小鐵鍋內，再放入另一個大的保溫鍋裡，這才方便他自行取用。

有一次我中午回家，返校的回程路上，突然想起瓦斯爐似乎沒關，這時心急了。打手機嗎？義宗無法接聽。當時兩人身邊都還沒有智慧型手機，即便是傳簡訊，當他知道瓦斯沒關，心一急，腳步就亂了，緊張之際不跌倒才怪，事態反而更難收拾。我當下折返，回到家裡，鍋子都燒紅了。後來我就寫了一張條子護貝，貼在大門的門把上方：「我確認電扇、冷氣、瓦斯已關閉。」提醒家人外出時要做好安全檢查。

二十六、我家的電腦高手

電腦開始普及初期，我服務學校的蔡校長極有遠見，在教師進修時間聘請師資指導電腦操作，但是當時電腦還停留在DOS時代，一則必須熟記一大堆操作指令，再則因校內同仁眾多而電腦有限，練習機會不多，所以學一忘二、丟三落四，可想而知最後也就前功盡棄了。直到一九九七年暑假，我調校服務時，因工作需要才又開始自主學習電腦。

當時Windows95剛推出不久，人性化的作業系統擺脫了DOS的繁瑣操作程序。我到書店買了一本施威銘的電腦書，家裡也購置一部桌上型電腦，利用暑假從零開始學習，邊讀邊作筆記邊操作，忙了一個暑假才粗略弄懂文書處理。暑假回到學校，打出第一張公文時，同仁都很訝異，因為像我這般資質凡庸、又是「三年級生」的人，通常多半已經「放棄」電腦了。事後同仁告訴我，學電腦是「玩出來」的，而非「讀出來」的，不知真假？

義宗則是在進入師大後才開始接觸電腦，雖然他的宿舍（身障生專用寢室）配有個人電腦，但我不知他隻身負笈異鄉，以一個重度多重障礙的學生在繁重的課業與生活瑣事之外，如何還有餘力學會電腦？不過以目前來說，我不僅無法像他打字不必盯著鍵盤，許多電腦操作方面的知識更是遠不及他，我在電腦操作上要是遇到任何障礙，沒他來幫我排除還真是不行。

二十七、面向陽光向前看

常有朋友問及，家有身心障礙的孩子該如何自處？我想，不管是上帝的旨意也好，神的安排也罷，「積極面對」才是最好的策略。人生百樣，我們無法掌握所有生命中的美與善，世上也無人可以選擇他要怎樣來到人間，但我們還是可以為自己做最大的努力。

由於肢體協調嚴重失衡，義宗的行為自主仍有許多不足，日常生活需要旁人協助之處不少。雖然如此，一個人總須把目光往前看，「可以珍惜你擁有的，不必老看你沒有的」，這才是積極樂觀的人生智慧。常言所謂「天助自助」、「自助人助」，《易經》上也說：「天行健，君子以自強不息。」都是這個道理。對於家長與身障孩子來說，除了自立自強，此外別無他途，因為怨懟與懊惱無助於改善既有的事實。

You cannot improve your past, but you can improve your future.

你不能改變你的過去，但你可以讓你的未來變得更美好。

願這句話可以帶給所有身心靈受到傷害的人，奮力向前的動力。

義宗來到我們的身邊，是上天對他、也是對家人的考驗與試煉，我們沒有迴避的理由。

感恩晨星出版社願意提供機會給義宗，謝謝編輯群以及徐惠雅主編的辛勞，這可能是讓你們感受較為特殊、費心也較多的一本書吧！

感恩前彰化高中石德華老師一直以來的關懷；感恩臺灣師範大學特殊教育中心前後兩位主任洪儷瑜教授、潘裕豐教授的鼓勵與協助，才能促成義宗這一段文字因緣；感恩所有在義宗一路走來的歷程中，曾經關心、支持、陪伴與協助他的親友、師長、同學及朋友們，無論識與不識。

勇士無畏挑戰，天使就該快樂飛翔。

勇敢向前行！我們都在你左右。

國家圖書館出版品預行編目資料

微笑天使／陳義宗著．——初版．——臺中市：晨星，2023.01
面；公分．——（晨星叢書；215）

ISBN　978-626-320-266-5（平裝）

863.55　　111015549

晨星叢書 215

微笑天使

作者	陳 義 宗
主編	徐 惠 雅
校對	陳 義 宗 、 徐 惠 雅
美術編輯	林 姿 秀
創辦人	陳銘民
發行所	晨星出版有限公司 407 臺中市西屯區工業 30 路 1 號 1 樓 TEL：04-23595820　FAX：04-23550581 E-mail：service-taipei@morningstar.com.tw http://star.morningstar.com.tw 行政院新聞局局版臺業字第 2500 號
法律顧問	陳思成律師
初版	西元 2023 年 01 月 01 日
讀者專線	TEL：02-23672044 ／ 04-23595819#230 FAX：02-23635741 ／ 04-23595493 service@morningstar.com.tw
網路書店	http://www.morningstar.com.tw
郵政劃撥	15060393（知己圖書股份有限公司）
印刷	上好印刷股份有限公司

定價 380 元
ISBN978-626-320-266-5

Published by Morning Star Publishing Inc.
Printed in Taiwan

線上回函